# 捜査妨害

## 所轄署刑事

ハード・
サスペンス

南 英男



廣済堂文庫

目次

# 第一章　惨殺の背景

## 1

床《フロア》は血の海だった。

思わず目を逸《そ》らしそうになる。足も竦《すく》みかけた。それほど事件現場は凄惨《せいさん》だった。

不破渉《ふわわたる》は白手袋を嵌《は》めながら、殺人現場に足を踏み入れた。

品川区東五反田《ひがしごたんだ》二丁目にある人材派遣会社『スタッフプール』の社長室だ。雑居ビルの五階だった。

同社は、ワンフロアを借り切っていた。六十畳ほどの広さだ。

出入口のそばに事務フロアがあり、十数卓のスチールデスクが並んでいる。社長室は奥まった場所にあった。

三月上旬の夜である。

事件通報があったのは、午後八時七分過ぎだった。通報者は、『スタッフプール』

の取引先の男性社員だ。

不破は、大崎署刑事課強行犯《きょうこうはん》係の主任である。満四十八歳で、職階は警部補だ。大卒だが、ノンキャリアだった。

一年ほど池袋署地域課で交番勤務をしただけで、その後は都内の所轄署刑事課を渡り歩いてきた。盗犯係、暴力犯係、強行犯係のいずれかに配属された。

大崎署に配属されたのは五年前だ。以来、ずっと強行犯係で職務に就《つ》いている。

不破は男臭《おとこくさ》い顔立ちで、体躯《たいく》も筋肉質だ。上背もあって、眼光が鋭い。裏社会の人間には暴力団係刑事《マルボウデカ》とよく間違えられる。

結婚して、ちょうど二十年になる。息子は大学一年生で、娘は高校二年生だ。妻は専業主婦である。

大田区馬込《まごめ》に住んでいる。自宅の分譲マンションは3LDKで、まだローンが二千万円近く残っている。好きな酒も毎晩は飲めない。

不破は腕時計に目をやった。

午後八時二十分だった。すでに初動捜査を担《にな》う警視庁第一機動捜査隊の捜査員と鑑識係官たちが臨場《りんじょう》していた。不破の四人の部下は、現場周辺で聞き込みに取りかかっている。

後《うし》ろに控えているのは、最も目をかけている真崎《まさき》諒一《りょういち》巡査長だ。

二十九歳の熱血漢である。長身で、マスクは甘い。都会育ちらしく、ダンディーだ。実家は世田谷区内にあるが、独身寮暮らしをしている。

「遅くなりまして……」

不破は、第一機動捜査隊の花輪孝行《はなわたかゆき》警部に挨拶した。旧知の間柄だった。二つ年上だ。

「やあ、ご苦労さん！　被害者の但島喬司《たじまきょうじ》社長は金属バット状の凶器で頭部と顔面をめった打ちにされて、血みどろだよ」

「そうですか。ちょっと死体《ロク》を拝ませてもらいます」

不破は真崎を目顔《めがお》で促《うなが》し、社長室の中央まで進んだ。

社長室は十五畳ほどのスペースだった。手前に応接セットが据《す》えられ、正面奥には桜材の両袖机《りょうそでづくえ》が置かれている。

その背後には、スチールキャビネットが並んでいた。書棚も見える。

被害者は、両袖机とソファセットの間に倒れていた。まだ五十一歳だった。

但島社長は血を流しながら、懸命に逃げ回ったようだ。あちこちに血痕《けっこん》が散っている。なんとも痛ましい。

背広姿の被害者は、くの字に横たわっていた。

首から上は真っ赤だった。頭部は大きく陥没《かんぼつ》し、ポスターカラーのような血糊《ちのり》に覆《おお》われている。

鼻柱は潰《つぶ》れ、ほとんど原形を留《とど》めていない。右の眼球も半《なか》ば零《こぼ》れかけている。水晶体は砕《くだ》けていた。

前歯は、あらかた消えて見当たらない。口の中に溜《た》まっているのか。あるいは、死体の下に落ちているのだろうか。

鮮血でぬめりを帯びた唇は鱈子《たらこ》のように腫《は》れ上がり、何カ所か裂《さ》けていた。仕立てのよさそうな茶系の上着は血みどろだった。白いワイシャツに散った血痕が生々しかった。

血臭《けっしゅう》が濃い。

息を詰めていないと、むせそうになる。不破は合掌し、亡骸《なきがら》のかたわらに屈《かが》み込んだ。

そのとき、斜め後ろで真崎が喉《のど》を軋《きし》ませた。吐き気を催《もよお》したのだろう。

「吐くなよ、遺体《ホトケ》に失礼だろうが。真崎、堪《こら》えろ！」

不破は部下を小声で窘《たしな》めた。

「は、はい」

「息を詰めるんだ。ハンカチなんか出すなよ。そんなことをしたら、刑事失格だぞ」

「あっ、もう駄目だ。ちょっと失礼します」

真崎が切迫《せっぱく》した声で言い、あたふたと社長室から出ていった。

不破は苦く笑った。部下の真崎は誠実な人柄で、心優しい。両親が共働きだったので、生まれてすぐに父方の祖母に育てられたという話だ。

そのせいか、弱い者や動物を労《いたわ》る気持ちが強かった。誰に対しても思い遣《や》りを忘れない。いまどき珍しい好青年だ。

ただ、真崎は鮮血や血糊を見ただけでパニックに陥《おちい》ってしまう。

独りっ子で、子供の時分に取っ組み合いの喧嘩《けんか》をしたことがないせいなのか。柔道と剣道は二段だが、これまでに幾度《いくど》か殺人現場で貧血を起こしている。

どこか脆弱《ぜいじゃく》な面があったが、真崎は正義感が人一倍強い。その青臭さは少々うっとうしかったが、同時に清々《すがすが》しくもあった。

彼のような熱い心は、もはや自分にはなくなっている。年齢を重ね、物事にはたいがい裏表《うらおもて》があることを知ってしまったせいだ。

人間は程度の差こそあれ、誰も本音と建前を上手に使い分けている。

したがって、単純には物事の善悪は区別できない。若々しくまっすぐに生きている真崎を時に羨《うらや》ましく感じるのは、自分の精神が堕落《だらく》して狡《ずる》くなったと後ろめたく思っているからなのか。多分、そうなのだろう。

「いまの若手は、どこかひ弱で困りますよ」

不破は花輪に言った。

「そのうち真崎君も、惨《むご》たらしい現場に馴《な》れるさ。わたしなんかも二十代のころは切断死体を見ただけで、一カ月は牛肉も豚肉も喰《く》えなかったよ」

「こっちも、そうでした」

「腐乱死体に接したときは死臭が全身に染《し》みついた気がして、一日に十回もシャワーを浴びたもんだよ。それがいまじゃ、死人《マンジュウ》を見た直後でも平気で飯《めし》を掻《か》き込んでる。ここまで鈍感になるのも、ちょっと考えもんだよな？」

「そうかもしれませんね。それはそうと、凶器が見当たらないようですが……」

「犯人《ホシ》は凶器を持ち帰ったんだろう。血の雫《しずく》が事務フロアから廊下まで垂れてたからな」

「逃走ルートは？」

「エレベーターを使って一階に降りたことはわかってるんだが、このビルのエントランスロビーで血痕は途切《とぎ》れてるんだよ。加害者は外に出る前に血に染まった凶器をビニール製の手提《てさ》げ袋にでも入れて、それから靴底の血も拭《ぬぐ》ったんだろうな」

花輪が口を閉じた。

不破は血溜まりを改めて検《しら》べた。黒いニット帽と携帯電話のストラップが落ちている。ストラップは数珠《じゅず》に似た形状で、銀色だった。

「どっち も犯人の遺留品《いりゅうひん》だろう」

「そうでしょうか」

「違うんじゃないかって？」

「ええ、多分ね。逃げた犯人は凶器を持ち帰ってます。ニット帽もストラップも当然、回収するでしょ？」

「そうか、そうだな。犯人《タマ》が犯行《ヤマ》を踏む前に誰か来客があったんだろうか」

「そう考えたほうがいい気がしますね。その来訪者は何かで但島社長と口論になって、揉《も》み合ったんでしょう」

「そのとき、ニット帽と携帯のストラップを落とした。その客が辞去した後《あと》、加害者が社長室に押し入って、但島を鈍器で撲殺《ぼくさつ》したんだろうか」

「わたしは、そう筋《すじ》を読みました。花輪さん、このビルに設置されてる防犯カメラの画像はチェックされました？」、

「そうするつもりだったんだが、あいにくエントランスロビーとエレベーター内に設置された防犯カメラは二台とも故障中だったんだよ」

花輪が答えた。

「なんてことだ。ビルのオーナーも管理会社も怠慢《たいまん》ですね」

「そうだな。犯人は『スタッフプール』に登録してた派遣労働者なんじゃないのか

ね？」

「どうしてそう思われたんです？」

「マスコミ報道によると、人材派遣会社の多くが正規の紹介手数料のほかにさまざまな名目でピンハネをしてるそうじゃないか。あこぎな搾取《さくしゅ》に腹を立てた奴がいたとしても不思議じゃない」

「そうですね」

「こっちの推測は正しいと思うよ」

「とにかく、捜査してみましょう。事件通報者は『ゼネラル電工』の人事担当者に間違いないんですね？」

「そう。伊東暁《いとうあきら》、四十六歳。伊東は、求人数を二十名ほど減らしてほしいと但島社長に直《じか》に伝えたくて来社したらしいんだ。午後八時二分ごろね」

「そのとき、社員は？」

「誰もいなかったそうだよ。事務フロアと社長室の照明は灯《とも》ってたらしいがね。それで通報者は社長室に入って、死体を発見したと言ってた」

「伊東は被害者の脈動を確認したんですか？」

「いや、体には触《ふ》れなかったそうだ。大声で被害者に呼びかけ、指先を鼻の下に当ててみたらしいんだよ」

「息をしてなかったんで、一一〇番通報したわけか」

「ああ、自分の携帯でね。通報者に不審な点はなかったよ。捜査対象から外してもいいだろう。伊東はシロだな」

「そうですか」

不破はゆっくりと立ち上がった。とうに鑑識写真は撮《と》り終えたらしく、遺体に近寄ってくる係官はいなかった。遺留品捜しは続行されていた。

「登録者リストを手に入れたんで、第一機捜《きそう》は地取《じど》りと並行して、派遣労働者たちに当ってみるよ。大崎署には、被害者の地鑑《ちかん》捜査をやってもらいたいんだ」

花輪が言った。

「了解！」

「但島の自宅は港区白金《しろかね》三丁目二十×番地だよ。家族は妻の玲子《れいこ》、四十六歳だね。子供はいない」

「わかりました」

不破は、手帳に必要なことを書き留《と》めた。

「被害者は、女房に家賃保証会社をやらせてたんだ。〝ゼロゼロ物件〟をフリーターたちに貸してるアパートの家主に家賃の保証をし、借り主からは家賃ほぼ一カ月分の保証料を取ってるんだよ。借り主が家賃を滞納すると、数百万円の違約金請求、ドアロック、家財撤去といった強引な手口で部屋から追い出してるんだ。そんなことで、不動産業界では〝追い出し屋〟と呼ばれてるようだな。その会社の名前は『グロリアエステート』で、事務所はJR恵比寿《えびす》駅前にある」

「被害者は、女房と一緒にワーキングプアたちを喰い物にしてたようだな」

「不破君、そこまで言うのは酷《こく》だろう。しかし、夫婦でいわゆる〝貧困ビジネス〟で甘い汁を吸ってたんだろうな。やっぱり、登録派遣労働者の中に犯人《ホシ》がいそうだね」

「ええ、その可能性はゼロではないでしょう」

「第一機捜《きそう》と大崎署だけで事件をスピード解決したいとこだが、与えられた時間が少ないからな。数日後には、大崎署《おおさきしょ》に捜査本部《チョウバ》が立つことになるんだろう」

「そうでしょうね」

「第一機捜《きそう》はニワトリ捜査をしてるなんて陰口をたたかれてるが、二日やそこらで犯人を割り出すことなんてできっこないよ」

花輪が言い訳した。

都内で殺人など凶悪な事件が起こると、まず鑑識係が臨場する。次いで警視庁機動捜査隊と地元署刑事課の面々が犯行現場に駆けつける。初動の捜査員たちは主に現場付近で不審者の目撃情報を集め、被害者の交友関係を洗い出し、容疑者の絞り込みに努める。

しかし、一両日の短い捜査で事件が落着することはめったにない。捜査は所轄署に引き継《つ》がれるが、殺人事件の場合は翌日か翌々日に署内に捜査本部が設けられる。警視庁は地元署の要請に応じて、捜査一課の刑事たちを各所轄署に送り込む。殺人事件を担当している殺人犯捜査係は、第一係から第十二係まである。事件の規模によって、十人前後から数十人の刑事が捜査本部に出張《でば》る。連続殺人事件ともなると、五、六十人の本庁捜査員が投入される。

捜査一課はおよそ四百五十人の大所帯だが、殺人犯捜査係員の大半は各所轄署に出向いていて、ふだんは桜田門の本庁舎には詰めていない。

なおハイジャック、要人暗殺、人質監禁事件などの捜査は、SAT《サット》やSIT《シット》など特殊犯捜査係四チームが当たっている。その部屋は捜査一課長室に隣接し、部外者は絶対に立ち入りできない。

捜査本部に派遣された本庁殺人犯捜査係刑事は所轄署の捜査員たちと協力し合って、凶悪犯罪の解明に励む。通常は、双方の刑事がコンビを組む。中堅やベテランは、若手と組むことが多い。

本庁の捜査員たちは、いわば客分である。そんなわけで、捜査費は原則として所轄署が負担する。ともすれば、本庁の刑事たちは尊大《そんだい》になりがちだ。逆に地元署の捜査員たちは卑屈《ひくつ》になりやすい。

他《た》の道府県警本部も、警視庁と同じように捜査一課の刑事たちを各所轄署に出向かせる。慣習として、捜査本部長は本庁や道府県の捜査一課長で、副本部長は地元署の署長が務《つと》める。

だが、現場で捜査の指揮を執《と》るのは本部の管理官だ。捜査一課長の参謀である理事官が副捜査本部長の任に就くこともある。

「みっともないところをお見せしてしまいました。すみませんでした」

真崎が社長室に戻ってきて、不破に謝った。顔色は悪くない。

「吐いてきたようだな？」

「いいえ、そうではありません。外の冷たい風に吹かれてるうちに、次第に吐き気が治《おさ》まったんですよ」

「確か真崎は、大学で教職課程の単位も取ったんだったよな？」

「はい。それが何か？」

「両親と同じように学校の先生になるほうがいいんじゃないのか？」

「教師にはなりません。ぼくが小四のとき、家に泥棒が入ったんですよ。そのとき、祖母が命懸《が》けでぼくを護《まも》ってくれて、刃物を持ってる泥棒を追っ払ってくれたんです」

「そんなことがあったのか」

「ええ。それで、ぼくは市民の治安を守る警察官を志したんです。そうすることで、命の恩人とも言える祖母に報《むく》いることができるような気がしたからです」

「生真面目《きまじめ》すぎるな」

「ぼく、いまの仕事は天職だと思ってます。ですから、停年まで現職の刑事をつづけたいんですよ」

「ずっと殺人犯捜査係でいたかったら、まず血に強くならないとな。真崎、明日から毎日、スッポンの生血《なまち》を飲め」

「そんな気持ち悪いことはできません」

「だったら、週に一度は生きた鶏《にわとり》を買って、首を鉈《なた》で刎《は》ねるんだな。血が派手にしぶくはずだ。そこまでやれば、血液に対する恐怖心は克服できるだろう」

「不破さんは、サディストだったんですね。いままで気づきませんでした。恐ろしい男性《ひと》だ」

「冗談だよ。血臭をまともに嗅《か》ぐから、吐きそうになるんだ。なるべく口だけで息継《つ》ぎをするんだよ。そうすれば、血の臭《にお》いも腐敗臭もさほど気にならなくなる」

「早速、試《ため》してみます」

「世話の焼ける奴だ」

不破は微苦笑《びくしょう》した。真崎がきまり悪げに頭に手をやった。

そのすぐ後《あと》、検視官の多々良誉《たたらほまれ》警部が飄々《ひょうひょう》と入室してきた。中背で小太りだが、身ごなしは軽い。五十二歳だ。

多々良は使い古した黒い革鞄《かわかばん》を提げている。中には、検視官の七つ道具が入っているはずだ。

「ご苦労さまです」

花輪が如才《じょさい》なく多々良を犒《ねぎら》った。不破は黙って会釈《えしゃく》した。部下の真崎が倣《なら》う。

「撲殺体だってな?」

検視官が花輪に言って、遺体に歩み寄った。

多々良はいつもドクターバッグを携《たずさ》えているが、医師の資格を有しているわけではない。捜査畑出身の警察官である。

全国に約三百四十人の検視官がいるが、全員、警部以上の階級の元刑事だ。彼らは別名、刑事調査官と呼ばれている。

もちろん、どの検視官も法医学の専門教育を受けた専門官だ。

犯罪被害者の遺体を解剖することはできないが、傷口、出血量、硬直具合を検べることは許されている。直腸に体温計を挿入《そうにゅう》し、体温を測《はか》ることもできる。それだけでも、おおよその死亡推定日時は割り出せる。

現場捜査員にとっては、検視官の存在はありがたい。まさに頼りになる助っ人だ。

しかし、どの殺人現場にも検視官が駆けつけるわけではない。それどころか、検視官が立ち合ってくれるケースは稀《まれ》だ。

多くの場合は、二十年以上のキャリアを持つ捜査員が検視官の代役をこなす。だが、法医学に疎《うと》い。自殺や事故を装った他殺を看破《かんぱ》できないこともある。

死亡推定日時や死因の断定もできない。そんなこともあって、殺人事件の被害者は必ず司法解剖される。

東京を例にとると、二十三区で事件が発生した場合は東大か慶大の法医学教室で解剖が行なわれる。三多摩地区の司法解剖は、慈恵《じけい》医大か杏林《きょうりん》大学が受け持つ。いずれも、裁判所の許可が必要だ。

ちなみに行き倒れや変死の遺体は大塚の東京都監察医務院に搬送《はんそう》され、解剖医の手で行政解剖される。その数は年々、増加傾向にある。司法解剖件数もいっこうに減らない。

「こりゃ、ひどいな。犯人は、よっぽど被害者を憎んでたんだろうね」

「検視官、凶器は金属バットと思われるんですが、どうでしょう？」

花輪が多々良に訊《き》いた。

「ああ、金属バットが使われたね。頭蓋骨《ずがいこつ》の砕け具合や陥没の状態から察して、凶器は金属バットだと断言できる」

「やっぱり、そうでしたか」

「それからさ、脳漿《のうしょう》が八方に飛び散ってるな。そのことは、バットの打撃力の強さを物語ってるんだ。犯人は二十代から四十代の前半と思われるね」

「そんなことまでわかるんですか。驚きだな」

真崎が感心した口ぶりで言った。

「わたしは毎日、殺された人間を視《み》てるんだ。それも多いときは、日に三体も四体も遺体《ホトケ》を眺めてる。殺され方は絞殺、扼殺《やくさつ》、刺殺、射殺、毒殺、轢殺《れきさつ》、撲殺、爆殺、焼殺と異《こと》なってるわけだが、それぞれ特徴があるんだよ」

「そうでしょうね」

「今回の事件《ヤマ》もゴルフクラブや角材で撲殺されたら、傷の形や出血量が違ってくるんだ。この被害者は頸動脈《けいどうみゃく》を刃物で切断されたわけでもないのに、多量出血してる。犯人が金属バットで力まかせに被害者の頭部と顔面を執拗《しつよう》にぶっ叩いたんだよ。惨い殺され方をしたもんだ」

「それだけ殺された但島は、加害者を苦しめてたんでしょう」

不破は口を挟んだ。

「そうなんだろうが、やり過ぎだよ。潰れたトマトのような顔を見たら、遺族はショックで気を失ってしまうだろう」

「かもしれませんね。ところで、まだ死後硬直は来《き》たしてないんでしょ？」

「そうだな。血糊も完全には凝固《ぎょうこ》してないから、殺されて一時間も経《た》ってないはずだよ」

「そうですか」

「まだ温《ぬく》もりがある」

多々良が手馴《てな》れた様子で被害者のスラックスとトランクスを押し下げ、長い体温計を直腸の中に潜《もぐ》らせた。体温計が引き抜かれたのは、ちょうど一分後だった。

「体温はどのくらいありました？」

「二十度弱だね。やはり、死亡したのは小《こ》一時間前だろう。司法解剖はどっちで？」

「大崎署《うち》の刑事課長は明朝、慶大の法医学教室に遺体を搬送させると言ってました」

「そう。それまで所轄署の死体安置所で手厚く扱ってやるんだね。故人がどんな悪党だったにしろ、死者を鞭《むち》打つようなことは日本人の美学に反するからな」

「そうなんですが、被害者に泣かされた人間は少なくないようですから……」

「だからといって、遺体《ホトケ》をぞんざいに扱ったら、いまに罰《ばち》が当たる」

「そうでしょうね」

不破は反論するのが面倒になって、すぐに譲歩した。

多々良が七つ道具を消毒しはじめた。道具をドクターバッグに仕舞《しま》って、手術用のゴム手袋を剝《は》がす。

ちょうどそのとき、花輪の部下が社長室にやってきた。確か片岡《かたおか》という姓で、三十二、三歳だったはずだ。大柄だった。

「もう一体、急いで検視をしなけりゃならないんだ。先に失礼させてもらうよ」

多々良が立ち上がって、誰にともなく言った。不破は一礼し、検視官に礼を述べた。

多々良が飄然《ひょうぜん》と歩み去った。

片岡が上司から離れ、踵《きびす》を返す。花輪が不破に顔を向けてきた。

「黒いニット帽と携帯電話のストラップの持ち主がわかったよ。秋月辰典《あきづきたつのり》、二十七歳だ」

「『スタッフプール』の派遣登録者のひとりですか？」

「ああ、その通りだ。その秋月が今夜七時三十分ごろ、このビルから怒った表情で飛び出してきたのを斜め前の洋菓子店の女性従業員が目撃してたそうだ」

「そうなんですか」

「おたくたちは秋月の自宅アパートに行って、事情聴取してくれないか」

「わかりました。秋月の住所は？」

「目黒区目黒本町六丁目十×番地、『目黒ハイム』の一〇五号室」

「部下たちに指示を与えたら、真崎《やさ》とすぐさま秋月の家に向かいます」

不破は部下に目で合図して、先に社長室を出た。

2

窓は明るい。

電灯が点《つ》いていた。

午後九時過ぎだった。『目黒ハイム』の一〇五号室だ。二度目の訪問である。数十分前に訪れたときは留守だった。

不破は捜査車輛《しゃりょう》の助手席から降りた。

覆面パトカーはオフブラックのスカイラインだった。真崎が運転席から姿を見せ、首を縮めた。春とは名ばかりで、夜気《やき》は尖《とが》っていた。

秋月が借りているアパートは、木造モルタル造りの二階建てだった。老朽化が目立つ。部屋数は十室だ。

不破たちはアパートの敷地に足を踏み入れ、階下の奥の部屋に向かった。部下の真崎が一〇五号室のドアをノックする。

ドアの向こうで間延《まの》びした声で応対があった。足音が近づいてくる。

「どなたですか？」

「秋月辰典さんだね？　大崎署の者です」

不破はドア越しに告げた。一瞬、沈黙があった。秋月が但島を殺害したのか。真崎の横顔を見る。思いなしか、緊張しているように映った。部下も同じことを考えていたのだろう。

一〇五号室のドアが半分ほど開けられた。

応対に現われたのは、二十六、七歳の顔色の悪い男だった。綿ネルのシャツを重ね着している。下は草色のカーゴパンツだ。部屋は1Kらしい。奥の居室《きょしつ》からゲームソフトの音声が洩《も》れてくる。

「秋月君だろ?」

真崎が確かめた。

「ええ、そうっす。おれ、危《ヤバ》いことなんかやってないっすよ」

「そうかな?」

「な、なんなんすか!?」

「きみは今夜、『スタッフプール』のオフィスを訪ねたよな?」

「ええ、行ったっすよ。但島社長がおれたち派遣労働者を喰い物にしてるんで、おれ、文句を言いに行ったんす」

「何時ごろ?」

「事務所に着いたのは、七時ごろだったと思うっすね」

「そのとき、社員は？」

「誰もいなかったす。おれは社長が誰かと電話で話し中だったんで、事務フロアで何分か待ってから社長室に入ったんすよ」

「どんなふうに談判したのかな？」

不破は話に加わった。

「おれ、『スタッフプール』の斡旋《あっせん》で自動車部品工場、金型《かながた》工場、冷凍食品加工会社なんかで半年か三カ月単位で働いてたんすよ。派遣先の正社員たちの話では、どの会社もおれたち契約工に日給一万二、三千円を払ってたらしいんす」

「『スタッフプール』は、雇用先からはもっと安い日給しか払われてないと言ってたわけだ？」

「そうなんすよ。求人先によって日給はまちまちだったけど、平均すると、日給九千二、三百円だったたな。但島の会社は最初っから日給分から三千円前後抜いて、さらに約三割の手数料を取ってたんすよ」

「実質的な日給は六千円そこそこだったのか」

「ええ、そうっす。いろんな名目で差っ引かれてたから、手取り日給は五千数百円でしたね」

「肉体労働をしても、それだけの日給しか稼げないんじゃ、辛《つら》いよな」

「喰って寝るだけの生活でしたよ。服もろくに買えなかったし、娯楽に遣《つか》える金なんかなかったすね」

秋月が腹立たしげに言った。

「そっちは社長室に乗り込んで、雇用先が払ってる日給分からピンを撥《は》ねるなと抗議したんだ？」

「そうなんすよ。けど、但島社長は求人先から支払われる日給はどこも九千円台だと言い張って、ピンハネなんかしてないの一点張りだったんす。おれは社長の狡さが赦《ゆる》せなかったんで、組みついたんすよ」

「それで？」

「捻《ひね》り倒して、二、三発蹴《け》りを入れてやるつもりだったんすよね。けど、逆に押し倒されてしまったんす」

「そっちは、それで尻尾《しっぽ》を巻いちまったのか？」

「違うっすよ。おれ、社長を何度もタックルしました。でもね、そのつど躱《かわ》されちゃって。但島は若いとき、何か格闘技を習ってたにちがいありません。信じられないぐらいに動きが敏捷《びんしょう》でしたからね。だらしない話だけど、おれ、五十過ぎの社長を捩《ねじ》伏せることもできなかったんすよ。情《なさ》けなかったな、われながら」

「但島は、きみにどんなリアクションを示したのかな？」

真崎が不破よりも先に口を開いた。

「不満なら、別に登録してくれなくてもいいんだと冷ややかに言ったすね。おれ、就職氷河期世代の尻に入ってるんすよ。大学の同期で一部上場《じょうじょう》企業に入社した奴は二割もいない。ほかの四割ちょっとは、中小や零細企業のサラリーマンになったんすよ。残りはフリーターっすね」

「そのあたりの厳しさはわかるよ。それはともかく、きみは自分の名を『スタッフプール』の派遣登録リストから外してくれと尻《けつ》を捲《まく》ったのかい？」

「そうしたかったすよ。でも、そこまで開き直ったら、いま働いてるＩＣチップ製造会社も辞めざるを得なくなるっすよね？　貯金なんかないから、職を失ったら、このアパートの家賃も払えなくなる。食事代にも事欠《か》くようになっちゃうっすよね？」

「そうだろうな」

「おれ、三男坊なんすよ。群馬の田舎に帰っても邪魔者扱いされるだけだろうし、ネットカフェ難民や路上生活者《ホームレス》にもなりたくなかったから、結局、反論できないまま引き下がることになったんす。男のくせに、だらしがないと自分でも思ったんすけど、人間、喰っていかなきゃならないでしょ？」

「そうだな。金持ちの子供たちは別にして、一般家庭に育った者は誰も苦労しながら、生活費を得てる。職場の連中と折り合いをつけながら、みんな、耐えてるんじゃないのかな？　きみらは組織に属してるわけじゃないから、人間関係ではあまり悩まなくてもいいだろうけどさ」

「そんなことないっすよ。おれたち派遣労働者はどの職場でも他所者《よそもの》だし、正社員の奴らから軽く見られてる。意地の悪い本工《ほんこう》は、おれたちに汚い作業なんかを押しつけてくるんすよね」

「そういう奴は心が貧しいんだよ」

「なんか上から目線っすね。おれだって、ちゃんと大学を出てるんだよな。ま、中堅の私大っすけどね」

「おれ、ラフなことを言っちゃった？」

「ま、いいっすよ。こっちだって、安定した企業の正社員になりたかったんだよね。だけど、採用人数はものすごく少なかったから、一流大学を出た奴とかコネのある奴以外は就職できなかったんす。政治家、財界人、官僚たちは自分たちの利益のことしか考えてないから、高齢者や社会的弱者に冷たいんすよ。社会構造がよくないんすよね」

「確かに社会のシステムを抜本的に見直さなければ、この国は再生できないのかもしれない。しかし、われわれ二、三十代は不満や愚痴《ぐち》を言ってるだけで、社会を変えようとする努力もしてないよな？　おれは、同世代の連中が何もアクションを起こさないことに苛立《いらだ》ってるんだ。一緒に腐り切った世の中を変えていこうよ」

「そうしないとね」

秋月が同調した。不破は、部下と秋月を交互に見た。

「そういう青臭い話は、おれがいないときにしてくれ」

「すみません」

秋月が頭を掻く。

「そっちが『スタッフプール』を出たのは七時半ごろだったそうだな？」

「そうっす」

「まっすぐアパートに帰ってきたのかな？」

「ええ、まあ」

「曖昧《あいまい》な答え方だな。どうなんだ？」

「ええ、ここに戻ってきましたよ」

「但島の会社にいる間、誰も訪ねてくる者はいなかったんだね？」

「そうっす」

「社長室に黒いニット帽と携帯電話のストラップを落としたことには、まるで気づかなかったのかな？　ちょっと不自然な気もしないでもないんだが……」

「おれ、興奮してたんで、帽子とストラップを落としたことに全然気づかなかったたんすよ。嘘じゃありません」

「そうか」

「さっきテレビの速報で但島社長がオフィスで何者かに撲殺されたことは知りましたけど、警察はおれを疑ってるんすか⁉」

「犯人じゃない？」

「おれ、人殺しなんかやってないっすよ。但島のあくどい商売の遣《や》り方には頭にきてましたけどね」

「『スタッフプール』を辞したとき、五階のエレベーターホールに不審な人影は？」

「怪しい奴なんかいなかったな」

「一階のエントランスロビーにも怪しい人影はなかった？」

「ええ、見なかったっすね」

「但島社長はそっちが帰ってから間もなく、何者かに金属バットで頭部と顔面を何度も強打されたようなんだ」

不破は言った。

「おれ、金属バットなんて持ってないっすよ。それに人殺しをするほど愚《おろ》か者じゃありません。殺人なんかやらかしたら、人生、終わりっすからね」

「派遣登録仲間で但島に悪感情を持ってた者は？」

「ほとんどの奴が但島には好感なんか持ってなかったっすよ。あの男はおれたちをうまく求人先に送り込んで、少しでも多くピンを撥ねようと考えてたようっすからね。但島は金の亡者《もうじゃ》でしたよ。『スタッフプール』で荒稼ぎしてただけじゃなく、奥さんに〝ゼロゼロ物件〟でも甘い汁を吸わせてたんすから」

「知り合いで、『グロリアエステート』に喰い物にされた者はいるのかい？」

「何人もいます。以前、『スタッフプール』に登録してた連中が敷金や礼金なしで安いアパートを借りられるという宣伝文句に引っかかって、五、六人、格安物件を借りたんすよ」

「そう」

「でもね、二、三カ月のうちに家賃保証会社に難癖をつけられて、部屋から追い出されてしまったんすよ」

「難癖？」

「ええ、そうっす。家賃の振り込みが一日遅れたとか、テレビの音量が大きすぎるとかね。生ごみを出す曜日を間違えたという理由で、部屋から閉め出された奴もいるな。やり方が陰湿なんすよ。外出中に家財道具を勝手に部屋から運び出して、鍵をそっくり替えちゃうらしいんす」

「それは無茶苦茶だな」

「ええ、そうっすよね。家賃を滞納してたら、無断で借り主の冷蔵庫やテレビを家賃保証会社がリサイクルショップなんかに売っ払っちゃうみたいなんす。部屋を追い出された奴は、寮のある派遣先を見つけなきゃならないわけっすよ」

「そういう働き口がない場合は、塒《ねぐら》を確保しなきゃならなくなるわけだね?」

「ええ、そうっす。親許《おやもと》や友人宅に泊めてもらえなきゃ、ネットカフェ、カプセルホテル、サウナ、ハンバーガーショップ、ドーナッツショップ、ファミリーレストランなんかで朝まで過ごすことになるんすよ。金がなくなったら、ホームレスになるほかないわけっす。おれたち派遣労働者は、それこそ崖っぷち人生なんすよ」

「厳しいな」

「世界的な不況なんだろうけど、自動車メーカーや家電メーカーが派遣従業員を大量に途中解雇するのは身勝手っすよ。派遣の連中を安く使えたから、どの企業も大きな利潤を得られたわけでしょ?」

「だろうね」

「経営陣や幹部社員の給与を何割かカットして、正社員たちのボーナスを少し削減する。そうすれば、いわゆる〝派遣切り〟なんかしなくてもいいはずっすよ」

「そうだな。しかし、日本人の多くは高度成長時代から、自分さえよければいいという風潮を少しも改めようとしなくなってる。行き過ぎた競争社会がエゴイストを増やしつづけてきたんだろうな」

「国民のひとりひとりが、明日はわが身と思ってくれりゃ、ホームレス予備軍が十数万人もいるわけないんすけどね」

秋月が溜息《ためいき》をついた。

「住む所もなくなった派遣登録者の中で、但島を強く恨《うら》んでた知り合いは？」

「湯原将彰《ゆはらまさあき》って奴が『スタッフプール』と縁を切るとき、但島の首に大型カッターナイフの切っ先を突きつけて、捨て台詞《ぜりふ》を吐いたことがあったな。そいつは一橋大を中退した物静かな男だったんすけどね」

「その彼の住所を教えてくれないか」

「去年の秋まで戸越《とごし》銀座の〝ゼロゼロ物件〟に住んでたんすけど、そのアパートを追い出されてからは消息不明なんすよ」

「携帯のナンバーは？」

「以前に湯原が使ってた携帯は、もう通じません。電話代を払えなくなって、解約したんでしょうね」

「一応、ナンバーを教えてくれないか」

真崎が言った。秋月がうなずき、奥の居室から自分のモバイルフォンを持ってきた。

部下の真崎が教えられたナンバーをプッシュする。だが、コールした電話は現在、使われていなかった。

「湯原という男が借りてた戸越銀座のアパートも、『グロリアエステート』が管理してたんだね？」

不破は確認した。

「ええ、そうっす。穏《おだ》やかな性格の湯原も夫婦に喰い物にされたと感じて、但島社長に刃物を向けたんでしょうね。いいことじゃないけど、おれ、なんか気持ちはわかりますよ」

「だろうな。その彼のほかに但島を狙いそうな奴はいないか？」

「誰もが社長のことは快《こころよ》く思ってはなかったと思うけど、殺意を懐《いだ》いてる奴はいないと思うっすね」

「そうか」

「くどいようっすけど、おれは事件には関わってませんよ。それだけは信じてほしいっすね」

「わかったよ。協力、ありがとう」

「但島を殺《や》ったのがどこの誰か知らないけど、ずっと捕《つか》まってほしくないっすね」

秋月が真顔《まがお》で言って、部屋のドアを閉めた。

不破は苦笑いを浮かべ、真崎と一〇五号室から離れた。路上に出ると、部下が問いかけてきた。

「心証はどうでしょう？」

「秋月はシロだろうな。根っからの犯罪者なら別だが、彼が犯人ならば、あれほど平然とはしてられないだろう」

「そうですかね？」

「真崎は、秋月が臭いと思ってるのか？」

「そういうわけじゃないんですが、刑事はなんでも疑ってみるもんだと警察学校で教わったもんですから」

「そんなふうに考えてると、おれみたいに目つきが悪くなるぞ。秋月は捜査対象から外してもいいだろう」

「そうですか」

「それにしても、殺された但島は典型的な小悪党だな。おれは弱い者を苦しめてる狡《こう》猾《かつ》な小悪党が大っ嫌いなんだ。だから、捜査に情熱を傾ける気になれないね」

「不破さん……」

「あくどい生き方をしてきた奴は殺されても当然さ。国民の血税をそんな男のために遣いたくない気持ちなんだよ」

「法の番人がそんなことを言っては、まずいでしょ？　善人も悪人も命は一つしかないんです。その重さは同じでしょ？」

「聞いてるだけでも気恥ずかしくなるような正論だな」

「ぼくが言ったこと、そんなに青臭いですかっ」

「ああ、青臭いな。正論や正義を口にする人間は、総じて底が浅い。人間には多面性があるんだ。警察官だからって、正義の塊《かたまり》じゃない。ましてや聖人なんかじゃないよな？」

「ええ、そうですね。われわれも生身の人間ですから」

「だよな。善人ぶったりしたら、偽善者と思われるぞ。この世で偽善者ほど醜いものはない。おれは、そう思ってるんだ。真の善人は、たいてい露悪趣味がある。いい人ぶったり、優しさをことさら示す人間はだいたい偽善者だな」

「青臭いのは、いけないことなんでしょうか？」

「まだ若いな。そうは言ってないさ。ただ、理想論や綺麗事《きれいごと》を口にする人間はどこか胡散《うさん》臭いと言いたかったんだよ。真崎も正論に囚《とら》われてるうちは、味のある刑事にはなれないな。しかし、それなりの説得力はあったよ。おれがもっと若けりゃ、素直に相槌《あいづち》を打っただろう」

不破はにやりとして、真崎の肩を叩いた。

その直後、懐《ふところ》で携帯電話が打ち震えた。モバイルフォンを摑《つか》み出す。

発信者は第一機動捜査隊の花輪だった。

「秋月の事情聴取は済んだの？」

「ええ、少し前にね。心証はシロでした」

「そう。第一機捜《うちら》の若い者たちが白金の但島宅に出向いて未亡人の玲子に会ったんだが、旦那が殺されたっていうのに涙ひとつ零さなかったらしいんだよ」

「そうですか」

「亡骸は大崎署に安置されてると伝えても、未亡人は司法解剖が終わってから、夫の遺体と対面すると言ったそうなんだ」

「夫婦仲が、だいぶ冷え込んでたようですね？」

「そうなんだろうな。被害者には愛人がいて、夫婦仲はこじれにこじれてたんじゃないのかね？　だとしたら、玲子夫人が誰かに自分に冷たくなった旦那を殺《や》らせた可能性もあるんじゃないかと思ったんだよ。夫が死んだのに泣かないなんて、普通じゃないからな」

「ええ、確かにね」

「明日にでも、所轄の人間も但島玲子に会ったほうがいいよ。わたしの勘が当たってたら、事件はスピード解決するだろうからさ」

「明日の午前中にでも、未亡人に会ってみますよ。花輪さん、わざわざありがとうございました」

不破は携帯電話を折り畳み、真崎に電話内容を手短に話した。

「花輪さんの話にも一理あると思いますが、逆なんではないのかな」

「逆って？」

「玲子夫人は夫婦仲が冷え切ってたんで、夫の訃報《ふほう》に接しても涙を流さなかったんではなくて、それだけショックが大きかったんじゃないですか？」

「ショックや悲しみがでかすぎると、とっさには驚きの声をあげたり、泣き叫んだりしないものだと言われてるな」

「ええ」

真崎が短く応じた。

「花輪さんの話を聞いた瞬間、未亡人が怪しいと反射的に思ってしまったんだ。まだ修行が足りないな」

「ご謙遜を。お世辞ではありません。不破さんはあまり仕事熱心じゃないけど、実は名刑事だと思ってるんです」

「夕飯を奢《おご》れって謎かけだな。わかった、ラーメンの大盛りを喰わせてやろう。ライスも付けてやるよ」

不破はスカイラインに歩《ほ》を運んだ。

3

化粧が濃かった。

口紅《ルージュ》は毒々しいまでに赤い。香水もきつかった。

不破は未亡人の顔をまじまじと見た。一瞬、玲子はたじろいだようだった。

白金にある但島宅の応接間だ。午前十一時数分前である。

未亡人の玲子の表情には悲しみの色はうかがえない。前夜、夫が殺害されたというのに、この沈着ぶりは何なのか。理解に苦しむ。

花輪の推測通りだったのだろうか。玲子は不倫相手か、犯罪のプロに夫の但島を始末させたのか。それともショックが強くて、旦那の死を実感できないだけなのだろうか。

「昨夜《ゆうべ》は一睡もできなかったんでしょうね？」

隣のソファに坐《すわ》った真崎が口を開いた。

「いいえ、ちゃんと寝《やす》みましたよ」

「えっ!?」

「信じられないかもしれませんけど、そうなんですよ。わたしたち夫婦は二年以上も前から、気持ちが寄り添わなくなってたの。だからね、夫が死んだと聞かされても、涙も出ませんでした」

「なぜ夫婦仲が壊《こわ》れてしまったんです？」

「但島がわたしを裏切ったのよ」

「ご主人が浮気されたんですか？」

「ただの浮気なら、目をつぶってやりましたよ。でもね、夫はわたし以外の女に夢中になってしまったの。愛人がいたのよ」

「そうなんですか」

「但島はわたしと別れて、その相手と再婚したがってたの。でも、わたしは離婚には応じなかったんです」

「愛人に妻の座を奪われるのは屈辱的だと思われたんですね？」

「ううん、そうじゃないの」

玲子が首を振った。

「ご主人に未練があったんですか？」

「それも違うわ。但島はね、わたしにたったの五百万円しか慰謝料を出そうとしなかったの。夫はわたしのプライドを踏みにじったのよ。数億円の資産があるのに、あまりにも馬鹿にしてるでしょ？」

「但島さんは金銭にシビアな方だったんですか？」

「特にケチということではなかったんだけど、釣った魚には餌《えさ》をやらないタイプでしたね。妻が一方的に裏切られたわけだから、わたし、せめて一億円の慰謝料は貰《もら》いたいと思ってたんですよ。だけど、但島が提示した額はわずか五百万円だったの。話にならないでしょ？」

「ま、そうですね」

「一億円払ってくれれば、きれいに別れてやったのに」

「そういうことなら、但島さんはちょくちょく外泊されてたんですか？」

「この家に帰ってくるのは月に五、六日だったわ。後は愛人のマンションで暮らしてたんですよ」

「差し支《つか》えなかったら、その女性のことを話していただけませんかね？」

不破は玲子に言った。

「名前は仁科梨絵《にしなりえ》よ。三十一歳だったかな。住まいは『鳥居坂《とりいざか》アビタシオン』の一〇一号室よ。元外資系銀行の役員秘書だったそうだけど、高慢な感じね」

「お会いになったことがあるんですね、ご主人の不倫相手に？」

「いいえ、会ったことはないわ。一年半ぐらい前に探偵社に夫の素行調査を依頼したことがあるの」

「調査報告書に添えられてた写真やビデオ画像を観《み》られたわけか」

「そうです。ルックスは悪くないけど、取り澄ました女よ。あんな女のどこがいいのかわからないわ。多分、男性をおだてるのが上手なんでしょうね。但島は単純だから、大物扱いされると、気前がよくなるのよ。うまいことを言われて、ブランド物の服やバッグをたくさんプレゼントしたんでしょうね。愛人が住んでるマンションの家賃は月に六十万円ですって。それほど価値のある女じゃないと思うんですけどね」

玲子が口を歪《ゆが》めた。造作の一つひとつは割に整っているが、どことなく下品な印象を与える。

「最近、ご主人と仁科梨絵さんとの間に何かトラブルはありませんでした？」

「断定はできないけど、但島の愛人はわたしと早く離婚しない夫にだいぶ焦《じ》れてるみたいだったわね。一度、仁科梨絵から家に電話があって、『奥さん、一億円の慰謝料を貰わなければ、絶対にご主人とは別れるつもりはないんですか？』なんて訊いたの」

「あなたはどう答えたんです？」

「『そうよ』と言いました。そしたら、彼女、二千万ぐらいで手を打ってくれないかと言ったんですよ。それでオーケーなら、自分が但島を説得するとも言ってましたね。わたし、その程度の慰謝料では話にならないと電話を切ってやりました」

「そうですか。仁科梨絵は、あなたと早く離婚しない但島さんに愛想を尽かしたんでしょうか？」

「そうかもしれないわね。彼女、名門女子大を出てるらしいの。そのせいか、プライドが高いみたいなんですよ。夫は高校しか出てないから、いつまでも愛人のままにしておかれて、自尊心を傷つけられたんじゃないのかしら？　但島は小金《こがね》は持ってたけど、学歴は低かったわけだから」

「恋愛に学歴は関係ないでしょ？」

「そうかな。大学出の女性は心の中では、高卒の男なんかと思ってるんじゃないですか？　わたしは短大卒だけど、但島の最終学歴が自分よりも低いことにちょっと拘《こだわ》ったりしましたんでね」

「あなたは、考え方が保守的なんだな」

「いけませんかっ」

玲子が挑《いど》むような眼差《まなざ》しを向けてきた。ちょうどそのとき、彼女の上着のポケットの中で携帯電話が鳴りはじめた。

「どうぞ電話に出てください」

不破は言った。玲子がパーリーピンクの携帯電話を摑み出し、ディスプレイに目をやった。すぐに戸惑《とまど》った顔つきになった。

「ちょっと失礼します」

未亡人がソファから立ち上がって、急いで応接間から出た。後ろ手でドアを閉める。

「駄目よ。告別式が終わるまでは会えないわ」

ドア越しに玲子の低い声が流れてきた。

不破は冷めかけた緑茶を啜《すす》った。未亡人は亡くなった夫の背信行為に腹を立て、自分も不倫に走ったのか。そうだとしたら、玲子が浮気相手に但島を殺させた可能性もなくはない。

ほどなく未亡人が応接間に戻ってきた。顔が上気している。恥じらいも感じられた。

「親しい方からの電話だったみたいですね？」

真崎が、ソファに腰かけた玲子に話しかけた。

「短大時代のお友達です。夫の事件を報道で知って、お悔やみの電話をくれたの」

「電話の相手は、てっきり男性だと思いました。最初の遣《や》り取《と》り、聞こえちゃったんですよ」

「えっ!?」

未亡人がうろたえた。不破は空咳《からぜき》をしながら、かたわらの部下を見た。すぐに真崎は察し、口を噤《つぐ》んだ。

「仁科梨絵が優柔不断な夫を強く詰《なじ》って、二人は烈《はげ》しく言い争ったんじゃないのかな。

そのとき、不倫相手は但島に別れ話を切り出されたのかもしれません。夫の愛人は自分が適当に弄《もてあそ》ばれただけなのかという思いを膨《ふく》らませて、もしかしたら、殺意を覚えたんではないのかしら？」

「検視官の話によると、女の犯行とは考えにくいらしいんですよ」

「仁科梨絵が直《じか》に手を汚したんではないでしょうね。わたしの思った通りだとしたら、実行犯はお金で雇われた男なんでしょう。それがどこの誰かは見当もつきませんけど」

「奥さんが言ったことは単なる推測ですよね。それとも、何か思い当たるようなことがあったんですか。たとえば、亡《な》くなった但島さんが仁科梨絵と揉めてたと言ってたとか？」

「いいえ、そういうことはありませんでした。でも、愛人が煮え切らない但島にだいぶ前から不満を抱《いだ》いてたとしたら……」

「そのあたりのことはよく調べてみましょう。ところで、ご主人のビジネスのやり方を快く思ってなかった派遣登録者は少なくなかったようなんですよ。現に秋月辰典という登録者は昨夜、事件前に『スタッフプール』を訪ねて、ご主人に談判してます。話し合いがこじれて、秋月は但島さんと揉み合ったんですよ」

「そのことは、警視庁第一機動捜査隊の方から聞いてます。秋月という登録者は『スタッフプール』が派遣先から支払われる賃金を予《あらかじ》め低く伝えてたと主張してるということですが、それは誤解です。夫は求人先の正規賃金をどなたにも伝え、一定の紹介手数料だけをいただいてたはずですから」

玲子が言った。

「そうだとすれば、秋月がご主人に言いがかりをつけたことになるな」

「ええ、そうなんだと思います」

「しかし、第一機捜やわたしの部下たちの聞き込みによると、秋月と同じことを言ってた者が何人もいるんですよ」

「その方たちは、いい加減なことを言ってるんだわ。紹介手数料が高すぎると常々、思ってたんでしょう。だから、事実とは違うことを言ったにちがいありませんよ」

「話を変えましょう。あなたは、『グロリアエステート』の代表取締役社長を務めてますね?」

「はい」

「〝ゼロゼロ物件〟に入居してた若いフリーターや派遣労働者たちをかなり強引なやり方で部屋から追い出したという証言もあるんですよ。それは事実なんですか?」

「家賃をなかなか払わない入居者や深夜に酒盛りをして騒いでる人たちには家主に代わって部屋を明け渡してもらってますけど、法律に触れるようなことは一度もしてませんよ。妙なことを言ってる人たちがいるなら、訴訟を起こせばいいんだわ。顧問弁護士と相談して、堂々と受けて立ちます」

「事実関係はともかく、アパートから追い出された元入居者たちは、『グロリアエステート』のビジネスにも不快感を持ってるようですよ」

「それは逆恨《さかうら》みですよ。わたしの会社は何ら疚《やま》しいことはしてません。これからセレモニーホールに行かなければなりませんので、申し訳ありませんけど……」

「わかりました。引き揚げましょう」

不破は部下と相前後して腰を上げた。

但島宅を辞去し、捜査車輌に乗り込む。真崎がイグニッションキーを捻ってから、早口で語りかけてきた。

「さっき未亡人の携帯に電話がかかってきましたが、相手は男ですよね？」

「ああ、多分な」

「なぜ玲子は、短大時代の友達からの電話だなんて嘘をついたんでしょう？　発信者とは不倫の仲だからなんじゃないのかな」

「そう考えてもよさそうだな。但島夫人は何か恥じらってる感じだった」

「ええ、そうでしたね。玲子が五百万円の慰謝料しか払いたがらなかった夫に憎しみを感じて、浮気相手に撲殺させたんではありませんか。但島が死ねば、夫の遺産はそっくり妻の玲子に入りますでしょ？」

「そうだな。そういう筋読《すじよ》みもできるが、まだ結論を急ぐのは早計だね。仁科梨絵の自宅マンションに行ってみよう」

不破はシートベルトを掛けた。

真崎がスカイラインを発進させる。

『鳥居坂アビタシオン』を探し当てたのは、二十数分後だった。

不破たちは覆面パトカーを路上に駐《と》め、南欧風の造りの高級賃貸マンションの集合インターフォンの前に立った。真崎が九〇一と数字キーを押した。

ややあって、仁科梨絵の声で応答があった。

不破は身分を明かし、来意を告げた。梨絵が息を呑《の》んだ。警戒している気配も伝わってきた。

「単なる聞き込みですよ。お手間は取らせません。ご協力願います」

「わかりました。いまオートドアのロックを解除しますので、九階まで上がってもらえますか」

「はい」

不破たち二人はエントランスロビーに入った。たっぷりとスペースが取られ、壁には数点の油彩画が掲《かか》げられていた。

エレベーターは三基あった。九階に上がり、九〇一号室のチャイムを鳴らす。

待つほどもなく梨絵が姿を見せた。色白の美人だった。プロポーションも悪くない。

不破たちは、それぞれ顔写真付きの警察手帳を呈示《ていじ》した。

「どうぞお上がりください」

部屋の主がスリッパラックに片腕を伸ばした。不破たちは洒落《しゃれ》た玄関に入った。

案内されたのはリビングだった。間取りは2LDKだが、各室は広そうだ。

不破と真崎はソファに並んで腰を沈めた。ふっくらとしたモケット張りの椅子だった。

梨絵が不破の正面に浅く坐る。

「前夜の事件のことは当然、ご存じですよね？」

不破は切り出した。

「はい。彼が、但島さんが殺されたなんて、いまも信じられません」

「そうでしょうね。あなたは、被害者が玲子夫人と離婚することを望んでらしたんでしょ？」

「はい。ですけど、奥さんは彼と別れる条件として、一億円の慰謝料が欲しいと……」

「そうみたいですね。しかし、但島さんは五百万円しか払いたがらなかった。そうですね？　実は、先に白金の被害者宅に伺ったんですよ」

「そうなんですか。但島さんは奥さんにも彼氏ができたようなんで、五百万円以上の慰謝料は払う気はないと言ってました」

「先に婚外恋愛に走ったのは但島さんのほうだったわけでしょ？」

「そうなんですけど、彼は奥さんも同罪だからと言って、五百万円以上は払う気はなかったようです。身勝手な論理ですけどね。わたしは二千万円ぐらい払って、すっきりと夫婦関係を解消してほしいと頼んだんですけど」

「聞き入れてもらえなかった？」

「ええ」

「そんなことで、あなたと但島さんの関係がぎくしゃくしてたなんてことは？」

「いいえ、そういうことはありませんでした。でも、彼はなかなか離婚に漕《こ》ぎつけないのではないかと次第に思うようになったことは事実です。そのうち但島さんと別れるかもしれないという予感も少し……」

「但島さんが仁科さんの心の変化を嗅ぎ取って、そのことで感情的に気まずくなったようなことは？」

「そういうことは一度もありませんでした」

梨絵がきっぱりと言った。かたわらの部下が何か問いたげな表情を見せた。

不破は目顔で真崎を促した。真崎が無言でうなずき、部屋の主に声をかけた。

「玲子夫人の話では、被害者は月の大半をこちらのお宅で暮らしてたそうですね？」

「はい」

「事件前に但島さんが何かに怯《おび》えてるような様子は？」

「ありませんでしたね、そういうことは」

「無言電話の類《たぐい》はかかってきませんでした？」

「固定電話はありますけど、彼もわたしもそれぞれの携帯を使ってたんですよ。ですから、断言はできませんけど、誰かに脅迫されてたなんてことはないと思います」

「但島さんはふだん仕事に関する話もしてました？」

「会社の話は、ほとんどしませんでしたね」

「そうですか。被害者は、派遣登録者たちには評判が悪かったみたいなんですよ。ピンハネの仕方がひどかったようなんです」

「えっ、そうなんですか!?　派遣労働者の方たちには感謝されてるんだと当人は言ってましたけど」

「あなたには嫌われたくなかったんでしょう。それはそうと、誰か犯人に心当たりはあります？」

「まったくありません」

梨絵が答え、リビングボードの上の置き時計に目をやった。

「お出かけの予定ですか？」

「お花とお線香を買って、彼の写真を飾ってやろうと思ってるんです。白金の自宅を弔問《ちょうもん》するわけにはいきませんでしょ、わたしの立場では」

「ま、そうですね。これから、どうなさるおつもりですか？」

「ワンルームマンションに移って、働き口を探そうと思ってます。但島さんから決まったお手当を貰ってたわけじゃないんで、あまり貯《たくわ》えがないんですよ」

「これからは何かと大変ですね。この部屋には、いつごろまでいらっしゃるんでしょう？」

「今月の末まではいると思います」

「そうですか。また、捜査に協力してもらうことになるかもしれません。その節《せつ》はよろしくお願いしますね」

真崎が梨絵に言い、不破に顔を向けてきた。

不破は梨絵に謝意を表し、先にソファから立ち上がった。真崎も腰を浮かせる。

二人は梨絵に見送られて、九〇一号室を出た。

エレベーター乗り場で、真崎が口を開いた。

「仁科梨絵がパトロンと揉めて、誰かに殺しを依頼した気配はうかがえませんでしたね？」

「そうだが、まだわからないぞ。女性はポーカーフェイスをよく使うからな」

「梨絵にパトロン以外に親密な男がいるんでしょうか？」

「あまり性急《せいきゅう》になるなって」

不破は忠告した。二人は函《ケージ》に乗り込み、一階に下《くだ》った。

マンションの外に出たとき、不破の上着の内ポケットで携帯電話が振動した。

発信者は大崎署強行犯係長の岩松順次《いわまつじゅんじ》警部だった。上司である。四十九歳で、八方美人タイプだった。

「聞き込みの成果はあったかね？」

「これといった収穫はないですね、いまのところ」

「そうか。午後一番に捜査本部が設置されることになった。本庁捜一殺人犯捜査六係の所雅之《ところまさゆき》係長が部下と大崎署に出張《でば》ってくることになったんだよ」

「そうですか」

「所班は有能な捜査員揃《ぞろ》いだから、心強いよな。午後三時に第一回捜査会議が開始される予定になってるから、急いで署に戻ってきてほしいんだ」

「了解！」

不破は携帯電話を折り畳んで、真崎に係長の指示を伝えた。

二人はスカイラインに足を向けた。

4

なんとなく腹立たしい。

最前席を陣取っているのは、本庁捜査一課殺人犯捜査第六係の捜査員ばかりだった。リーダーの所警部はホワイトボードの正面に坐っている。大崎署の会議室に設けられた捜査本部だ。

不破たち所轄署刑事たち十一人は、後方の席に固まっていた。上司の岩松強行犯係長は背を丸め、いかにも卑屈げに見える。

いつものことだが、不破は情けなくなった。

大崎署に捜査本部が設置されるたび、上司や同僚たちは本庁の刑事たちに遜《へりくだ》った態度で接している。署長の織部史彦《おりべふみひこ》警視正は準キャリアで、国家公務員一般職試験(旧Ⅱ種)合格者だ。国家公務員総合職試験(旧Ⅰ種)合格者の警察官僚《キャリア》よりも少し格下である。

それでも、ノンキャリアとは違う。織部警視正はまだ四十二歳だった。

大崎署の署長になったのは四年前だ。ノンキャリアから見れば、出世は早い。

しかし、総合職試験合格者のキャリアならば、二十代後半で茨城や栃木あたりの所轄署の署長になれる。一般職試験合格者の準キャリアは、そうしたスピード出世はできない。

警察社会を支配しているのは、五百数十人のキャリアである。

準キャリアは数十人しかいない。基本的には双方の差は縮まらないわけだが、キャリア組に気に入られた準キャリアの昇進は早かった。

織部署長はきわめて出世欲が強い。

そのため、何かと警察庁や警視庁の有資格者たちに気を遣っている。キャリアたちに睨《にら》まれたら、もろに出世に響くからだ。

織部のイエスマンである副署長の川辺拓《かわべたく》警視と梅宮清《うめみやきよし》刑事課長も、上昇志向が強かった。どちらも署長の腰巾着《こしぎんちゃく》である。部下や捜査のことは眼中になく、織部に取り入ることしか考えていない。

不破は署に捜査本部が設置されると、決まって不愉快になる。署長、副署長、刑事課長の三人が本庁から出張ってくる管理官や捜査員のご機嫌取りに終始し、所轄署刑事の誇りや意地など少しも忖度《そんたく》しないからだ。

不破は五年前に大崎署に転属になった。それまでは駒込署にいた。

駒込署の署長と前大崎署長は署内に捜査本部が設けられても、決して本庁の捜査員に媚《こ》びへつらったりしなかった。どちらもノンキャリアだったが、気骨があった。織部署長になってから、不破はすっかりやる気を失っている。署長は大崎署の刑事が本庁の捜査員よりも先に手柄を立てると、ひどく不機嫌になる。桜田門の捜査員たちに花を持たせて、警察官僚《キャリア》たちの面目《めんもく》を保《たも》たせたいと考えているからだ。そうして点数を稼いでいれば、準キャリアの自分も厚遇《こうぐう》してもらえると思い込んでいるにちがいない。

五十七歳の川辺副署長と五十二歳の梅宮刑事課長は、織部署長の茶坊主そのものだ。署の幹部たちがそんなふうだから、刑事課の強行犯、強盗犯、暴力犯、火災犯の各係員たちの士気は下がりっ放しだ。

しかし、このままでは若手刑事が育たない。中堅やベテランの不満も募《つの》るだけだろう。近頃、不破はなんとかしなければという焦《あせ》りを感じはじめている。

直属の上司の岩松強行犯係長は出世欲はそれほど強くないが、どこか気弱な面がある。署の幹部たちと対立することを恐れ、部下たちにも嫌われないよう心掛けている節があった。

風見鶏《かざみどり》のような人物だ。誰にも嫌われまいとしているから、どうしても自己主張をしない。中間管理職によく見られるタイプだ。要するに、頼りないわけだ。

「解剖所見書の写しがお手許《てもと》にあるでしょうから、詳しい説明は省《はぶ》かせてもらいます」

ホワイトボードの横に立った梅宮刑事課長が言葉を切って、長いテーブルに視線を向けた。そこには、織部署長、川辺副署長、本庁捜査一課の神尾求道《かみおもとみち》管理官が並んでいた。

四十四歳の神尾警視正は、警視庁捜査一課長の右腕である理事官の部下だ。所轄に捜査本部が設置されると、一課長の代わりに理事官か管理官が捜査会議に出席する。所轄理事官の下にいる八人の管理官が所轄署に出向くケースが多い。

織部たち三人は何も言わなかった。

「死亡推定時刻は昨夜七時二十分から同八時四十分までの間になってますが、事件通報者の『ゼネラル電工』の伊東暁はシロでしょう。初動捜査で秋月辰典は犯行を否認してますが、まだ無実とは言い切れないと思います」

ふたたび梅宮が言った。一拍置いて、警視庁の所《ところ》六係係長が発言した。

「秋月がシロだったとしても、派遣登録者の中に犯人《タマ》がいそうだな」

「所《ところ》班のリーダーがそう直感されたのでしたら、ほぼ間違いないでしょう。本庁《ホンブ》の殺人犯捜査係は、殺人事案のエキスパートですからね。所轄署管内で殺人事件が発生するのは、年にせいぜい三、四件です。毎月、殺人事件を扱ってる桜田門の方たちにはとてもかないません。心強い味方を得たんで、わたしもひと安心しているところです」

「梅宮さん、わたしのチームはあくまでも支援要員なんです。もちろん全力投球しますが、大崎署のみなさんに助けていただかないとね」

「岩松係長を含めて署の人間を助手として好きなようにお遣いください」

「助手はないでしょ、助手は。所轄の方たちだって、捜査のプロなわけだから」

「しかし、本庁《ホンブ》の方たちとは格が違いますんでね」

「格は変わらないでしょ？」

「いえ、はっきりと違いますよ」

梅宮が愛想笑いをした。所は満足げな表情だった。不破の内部で何かが爆《は》ぜた。

「課長、刑事《デカ》は刑事《デカ》ですよ。本庁も所轄もない。有能か無能かに分けられるだけでしょ？」

「不破、何を言い出すんだっ。所班《ところ》のみなさんに失礼じゃないか！」

「客分に遠慮するのも限度があるんじゃないのかな？」

「とにかく、口を慎《つつし》め！　岩松係長、何とかしろ」

梅宮が強行犯係長を指さした。岩松が振り返る。

「不破君、わたしを困らせないでくれよ」

「捜査本部事案《じあん》は、本庁と所轄の刑事が協力し合って解決するもんでしょうが。われわれが卑屈になることはないっ」

「梅宮課長は別に卑屈にはなってないよ。客分のみなさんに少し気を遣っただけじゃないか。妙な受け取り方をするのはよくない」

「係長、もっと堂々としてましょうよ。所轄署刑事にだって、誇りも意地もあるんですから。本庁詰めをしてなくたって、刑事魂は誰も持ってる」

「しかし……」

岩松が口ごもった。明らかに困惑していた。

「不破、思い上がるんじゃない」

梅宮刑事課長が声を張った。

「わたしのどこが思い上がってるんです？　おかしなことを言ったわけじゃない。真っ当な話をしただけでしょうが！」

「そういう考えが変なんだよ。少しは分《ぶ》を弁《わきま》えろ」

「梅宮警部、不破君が言った通りですよ」

本庁の神尾管理官が会話に割り込んだ。

「そうでしょうか？」

「不破君は少しも間違ったことは言ってない。実に頼もしい発言だった。な、所？

きみもそう思うだろう？」

「ええ、そうですね」

所警部が相槌を打った。

「不破君がさっき言ったように、刑事は刑事だよ。所属によって、格が決まるわけじゃない。有能かどうかが問題なんだ。所、異論があるか?」

「いいえ、管理官がおっしゃった通りですね。大崎署のみなさんのお力添えがなければ、われわれには土地鑑《かん》がありませんので、満足に聞き込みもできませんから」

「その謙虚さを忘れないでくれ」

「はい」

「初動捜査の報告は、もういいでしょう。梅宮さん、それよりも班分けを急いだほうがいいと思いますがね」

「そうしてくれないか」

織部署長が神尾管理官に追従《ついしょう》した。

梅宮刑事課長は大きくうなずき、署長が捜査副本部長の任に就いたことを報告した。捜査本部長は本庁の刑事部長だが、名目だけだ。

もうひとりの捜査副本部長は本庁の神尾管理官が務めることを言い添えた。どちらも現場捜査には携《たずさ》わらない。

捜査主任は自分が担うことになり、実質的な指揮を執る副捜査主任には本庁の所雅之警部が選ばれたと発表した。妥当な人選だろう。

多くの捜査本部は庶務班、捜査班、凶器班、鑑識班、予備班に分けられる。警視庁だけではない。他《た》の各道府県も同様である。

班の中で最も要職なのが予備班だ。名称は地味だが、捜査本部の司令塔である。捜査経験豊かなベテランが選ばれる。

副捜査主任の所警部が予備班長を兼務することになった。大崎署の強行犯係長の岩松警部は予備班の主任に選出された。

予備班のメンバーは捜査本部に残り、集まった情報を分析《ぶんせき》する。そして、現場の刑事たちに指示を与える。通常は現場には出向かない。情報分析のほかには、容疑者の取り調べを最初に行なう。

庶務班は裏方だが、欠かせない助っ人である。捜査本部の設営が主な仕事だ。所轄署の会議室に人数分の机と椅子を並べ、ホワイトボードを運び入れる。数台の警察電話を引き、必要な事務備品を揃えておく。ファックスの送受信もする。

それだけに留《とど》まらない。捜査員たちの食事の手配をし、捜査費用の会計業務も行なう。武道場に寝具をセットしておくことも守備範囲だ。空調の具合も点検し、電球の交換もする。所轄署の新米刑事や生活安全課員が借り出されることが多い。

不破は捜査班の主任になった。班長は本庁の北浦滋《きたうらしげる》警部補だった。所警部の右腕だ。四十六歳だったか。

捜査班は事件捜査を受け持つ。本庁と地元の強行犯係刑事だけで固められる。班は、地取り班と鑑《かん》取《ど》り班に振り分けられる。

地取り班は事件現場周辺で聞き込みをし、犯行の目撃証言や不審者の有無《うむ》を調べる。鑑取りというのは俗称で、正式には地鑑捜査のことだ。刑事たちは被害者の家族、職場の同僚、友人、知り合いなどに会い、交友関係の縺《もつ》れや生活状況を調べる。

凶器班は、犯行に使用された刃物や銃器などを探す。場合によってはドブ浚《さら》いをしたり、下水道にも潜《もぐ》り込まなければならない。海、川、池の中に入ることもある。むろん、凶器の入手経路も突きとめる。

鑑識班は本庁や所轄署から三、四人、選び抜かれる。キャリアを積んだ係官が大半だ。

「捜査班のペア組みは、本庁の北浦さんと大崎署の不破に任せます。これで、捜査会議を終わります」

梅宮課長が一礼し、ホワイトボードの鑑識写真を剝がしはじめた。

署長、副署長、管理官の三人がほぼ同時に腰を浮かせ、連れだって捜査本部から出ていった。

不破は坐ったまま、セブンスターに火を点けた。ふた口ほど喫《す》いつけたとき、本庁の北浦刑事が歩み寄ってきた。

「コンビの組み合わせ、こっちが決めさせてもらいましたよ」

「主導権を握りたいわけか」

「ガキのころから僻《ひが》み根性が強かったのかな。こっちはロスタイムを出さないようサービスしたつもりなんですよ」

「そう」

不破はくわえ煙草《たばこ》で、差し出されたメモを受け取った。

「感じ悪いな」

「え？」

「煙草、煙草ですよ。くわえ煙草でメモを受け取られたんじゃ、喧嘩を売られてるように感じるからな」

北浦が顔をしかめた。

「そんなつもりじゃなかったんだが……」

「だったら、火を消してほしいな」

「わかった」

不破は煙草の火をアルミの灰皿の底で揉み消し、メモの文字を見た。北浦は相棒に真崎を選んでいた。御《ぎょ》しやすそうな若手と組んで、不破の部下を扱《こ》き使う気なのか。

「こっちの相方は相沢勇輝《あいざわゆうき》警部補か。彼はいくつになったんでしたっけ？」

「相沢は三十五歳です。あいつでは、ご不満ですか？」

「そんなことはないよ」

「だったら、相沢と組んでください。それから、不破さんは相方という言い方をしましたよね？」

「そうだったかな」

「ああ、そう言った。漫才師や女郎《じょろう》じゃないんだから、相方なんて言い方はしないでほしいな。相棒と言うべきでしょ？」

「確かにね。今後は気をつけるよ」

「そうしてください。若手と中堅・ベテランを組み合わせたんですよ。別に問題はないでしょ？」

「本庁《ホンブ》の兵隊が八人で、所轄は六人か。一組だけ桜田門同士のコンビになるわけだな」

「兵隊の数が違うんだから、仕方ないでしょ？　なんなら、大崎《おおさき》署の暴力犯係から二人ばかり引き抜いてもらってもかまいませんよ。こっちは何も所轄の連中を出し抜いて、先に手柄を立てたいなんて思ってるわけじゃないんだから」

「別の係の者を引っ張るわけにはいかないな」

「それなら、わたしの提案した組み合わせでやらせてもらいます」

北浦が大声で捜査班のメンバーを呼び集め、ペアの組み合わせを伝えた。本庁の相沢刑事が近づいてきた。

「二年前の通り魔殺人事件で、あなたと組んだんだったな。また、よろしく！」

「こっちこそ」

不破は素っ気《そけ》なく応じて、おもむろに立ち上がった。

「初動捜査の資料をじっくり読みましたが、わたしは秋月辰典が臭いと思います」

「秋月には昨夜《ゆうべ》、会ってきた。彼はシロだという心証を得たよ」

「不破さん、死亡推定時刻は昨夜七時二十分から八時四十分の間とされたんですよ。秋月は、七時半ごろまで『スタッフプール』にいたんです。しかも犯行現場には、秋月のニット帽と携帯電話のストラップが落ちてた」

「秋月は『スタッフプール』のオフィスのある雑居ビルから、前夜七時半ごろに出てくるとこを目撃されてるんだ。犯行後、すぐに現場を離れたとも考えられるが、少々、早すぎるな」

「いったん雑居ビルを出た秋月は人目を盗んで人材派遣会社に舞い戻って、犯行に及んだとも考えられます」

「こじつけだな、そういう推測は」

「秋月が真犯人《ホンボシ》だったら、どうするんですかっ。筋読みをミスったじゃ、済まされませんよ。わたしの読み通りだったら、不破さん、丸坊主になってくれますか？」

相沢が真顔で言った。

「子供っぽいことを言うなよ。高校の野球部じゃないんだぜ」

「しかし……」

「小便したいんだ」

不破は大股で捜査本部を出た。

すると、廊下に毎朝日報社会部記者の早見《はやみ》まりえが立っていた。警察《サツ》回りの美人記者だ。署員たちにアイドル視されている。

二十六歳のまりえはチャーミングで、気立てがいい。そんなわけで、署の誰からも好かれていた。

三年前に妻を病気で亡くした織部署長も、マドンナ記者に気があるようだ。それどころか、まりえを後妻に迎えたいと密《ひそ》かに願っているのかもしれない。

警察担当の記者とはいえ、さすがに捜査本部には立ち入れない。近づくことさえ控えるのが新聞記者たちの暗黙のルールになっていた。

しかし、早見まりえは例外だった。川辺副署長や梅宮刑事課長も彼女が署に姿を見せただけで、たちまち上機嫌になる。強行犯係の岩松係長も妻子持ちだが、鼻歌混じりに職務をこなしはじめる。

へそ曲がりを自認している不破でさえ、マドンナ記者の笑顔を毎日見たいと思っていた。まりえにさほど関心を示さない男性は、真崎諒一ひとりだった。

ただ、その無関心ぶりは少しばかり不自然だ。真崎は、マドンナ扱いされている美人記者に好意以上の熱い想《おも》いを寄せていることを当の彼女や周囲の同僚に覚《さと》られたくないのではないか。それで、美人記者にはまるで興味がないような振りをしているのかもしれない。

「人材派遣会社社長殺しの被疑者の割り出しはまだなんですってね。実はわたし、少し前に織部署長に探《さぐ》りを入れてみたんですよ。でも、収穫はありませんでした」

「で、本庁から出張《でば》ってきてる所轄部あたりに接触する気になったのかい？」

「そんなことしたら、本庁の記者クラブ詰めの先輩記者たちに袋叩きにされちゃいます」

「まさか女性記者に手荒なことはしないだろう」

「ええ、ぶたれはしないと思います。でも、厭味《いやみ》をたっぷり言われるでしょうね。捜査本部《チョウバ》を覗《のぞ》く気になったのは、真崎さんとちょっと雑談したくなったからなんです」

「純真な熱血漢を色香《いろか》で惑《まど》わせて、情報《ネタ》を引き出す気だな？」

「わたし、そこまで擦《す》れてませんよ。純粋に雑談をしたかったんです。わたしを悪女扱いしないでほしいな」

まりえが穏やかに言って、不破を甘く睨んだ。ぞくりとするほど魅惑的だった。マドンナ記者に何を言われても、ほとんどの男性は怒る気にはならないだろう。かえってマゾヒスティックな悦《よろこ》びすら覚えてしまうかもしれない。

「真崎は、まだ聞き込みには出てないよ」

「そう。よかった」

「二、三十分なら、きみにつき合えるんじゃないのかな？　署の斜め前の『マーメイド』あたりでお茶したら？」

「逆ナンパしたみたいで、そういうのはちょっと……」

「ひょっとしたら、真崎に惚《ほ》れちゃった？」

「そんなんじゃありません。彼とは年齢《とし》があまり離れてないから、共通の話題がいろいろあるんですよ。話をしてると、なんか愉《たの》しいんです」

「そうやって、多くの恋が生まれてる。ま、適当にやってよ」

不破は片手を軽く挙げ、トイレに向かって歩きだした。手洗いは、さほど遠くない場所にあった。

用を足し、洗面台で手を洗う。ハンカチをスラックスのヒップポケットに突っ込んだとき、部下の真崎がトイレに入ってきた。

「本庁《ホンブ》の北浦さんとコンビを組むなんて最悪ですよ。ぼく、北浦さんみたいなタイプは苦手なんです」

「こっちだって、エリート意識の強い相沢と聞き込みに回るのは願い下げにしたいよ。ああいう鼻持ちならない奴は停年間近の老練刑事と組んで、一から鍛《きた》え直してもらうべきだな。しかし、あいにく大崎署《うち》の強行犯係に五十八、九の者はいない」

「ええ、そうですね」

「真崎、本庁《ホンブ》の奴らにでかい面《つら》されるのはなんか面白くないと思わないか？」

「思いますよ、それは」

「それなら、別に手柄を立てたいわけじゃないが、桜田門の連中を出し抜いてやろうや。コンビで聞き込みに回る前にさ、大崎署《うち》の者が予め情報を集めて、その後、本庁の人間と一緒に回るときは見当外れな証言をしてもらうんだよ」

「そうやって、所轄署だけで情報を握りつづけ、割り出した容疑者を本庁捜査員の目を盗んで先に緊急逮捕しちゃうんですね？」

「そう。ちょっと姑息《こそく》だけどな」

「アンフェアですよ、そういうのは」

「そう言うと思ったよ。真崎は真面目人間だからな。こっちが言ったことは忘れてくれ」

不破は言った。

「はい、わかりました」

「廊下で、毎朝日報のマドンナ記者と会っただろう?」

「ええ。少し雑談をしないかって言われたんですけど、そんな時間はありませんから……」

「断ったのか!?」

「はい」

「女心を傷つけちゃったんだ。そんな惨いことをしたら、真崎、ファンたちに殺されるぞ。早見記者を慕《した》ってる男たちが署内に大勢いるんだからさ」

「でも、北浦さんにすぐ聞き込みに出かけられるようにしておけって言われてたんで、早見さんとお喋《しゃべ》りをしてる時間はなさそうでしたんでね」

「彼女の気持ちに気がついてるんだろう?」

「え?」

「マドンナ記者は真崎に好意を寄せてるんだよ。そっちだって、まりえちゃんに関心がないわけじゃないんだろうが? いや、それどころか、もう特別な他人と意識してるんじゃないのか? しかし、みんなにアイドル視されてるんで、彼女には必要以上に近づかないほうがいいと自分にブレーキを掛けてるんだよな?」

「不破さん、ひとり合点しないでください。早見さんは美しいし、性格もいいですよね。新聞記者《ブンヤ》としても大きく伸びる女性でしょう。しかし、ぼくは彼女に恋愛感情なんか懐《いだ》いてませんよ」

「臆病《おくびょう》な奴だな。いったい何を怖《こわ》がってるんだい？　早見まりえは真崎に絶対に気があるよ。多くの野郎に妬《ねた》まれることになるだろうが、そっちが積極的に出れば、二人は必ず相思相愛の仲になれる」

「ぼくは、彼女のことを恋愛対象と考えていません」

「もったいないことを言うなって。こっちがもっと若くて独身だったら、アタックしてたと思うよ」

「アタックですか。もうそういう言い方は、古すぎるでしょ？」

「告白《コク》ると言い直そうか」

「いい大人がそんな言い方しませんよ。あっ、膀胱《ぼうこう》が破裂しそうだ」

真崎が困惑顔になった。

不破は急いで部下から離れた。

# 第二章　不審な派遣社員

## 1

警察電話が鳴った。

聞き込みに出かけようとしたときだった。不破は、浮かせかけた腰を椅子に戻した。

捜査本部である。相沢刑事は近くにたたずんでいた。

本庁の所警部が受話器を取った。

「うちの係長《ハンチョウ》の顔つきが変わったな。何か捜査に関する新情報が入ったんでしょう」

相沢が呟《つぶや》いた。本庁捜査一課殺人犯捜査係は十二班に分かれている。各班のリーダーである係長は、部下たちにハンチョウと呼ばれていた。

所警部が受話器をフックに戻し、不破に顔を向けてきた。その表情は険《けわ》しかった。

「秋月はなかなかの役者ですよ」

「どういう意味なのかな？」

「きのうの夜、不破さんは真崎君と一緒に秋月辰典の家に行ったんでしたよね？　そのとき、秋月は犯行前に『スタッフプール』を出て、まっすぐ自宅アパートに戻ったと言ったとか？」

「そうだが……」

「秋月は嘘をついたんです。いま本庁機捜《きそう》から電話があったんですが、昨晩の八時三十五分ごろ、秋月がJR五反田駅の改札口の近くに立ってたという目撃証言を得たらしいんですよ」

「えっ!?」

「聞き込みが甘かったですね。但島の死亡推定時刻の午後七時二十分から八時四十分の間に秋月が事件現場周辺にいたってことは、容疑者の可能性があるわけでしょ？」

「やっぱり、秋月が怪しいな」

相沢が言った。不破は、所と相沢の顔を交互に見た。

「二人とも、ちょっと待ってほしいな。機捜の情報通りだったとしても、秋月が犯人《ホシ》と断定するのはまだ早い。彼が但島を金属バットで撲殺《ぼくさつ》したんなら、現場に自分のニット帽と携帯のストラップを落としたまま逃げたりしないはずだ」

「殺人を犯して気が動転してたから、遺留品《いりゅうひん》のことにまで頭が回らなかったんでしょう。きっとそうにちがいない」

所警部が極《き》めつけた。

「わたしは、そうは思わないな。秋月が但島社長を殺《や》ったとしたんだったら、確かに気が動転してたんだろう。しかし、被害者と揉《も》み合ったときに落としたニット帽と携帯電話のストラップのことを忘れるわけはない」

「あくまで不破さんは、秋月はシロだとおっしゃるわけか」

「そういう心証を得たんだ、きのうの晩」

「秋月は、なぜ帰宅時間を正確に言わなかったんです？　嘘をついたのは、心に疚《やま》しさがあったからでしょ？」

「多分、何か後《うし》ろめたいことがあったんだろうね。しかし、それは殺人行為を隠したかったということじゃないと思うな。その事実を他人に知られたら、恥ずかしい思いをすることになる。秋月はそう考えて、『スタッフプール』を出た後、すぐ自宅アパートに戻ったことにしたんじゃないのかな」

「自分たちの捜査ミスは頑として認めないってわけか」

「所警部、捜査ミスという言い方はきつすぎるでしょ？　事件関係者が嘘をつくことは、よくあることだ。それを見抜けなかったからって、捜査ミスと言われたんじゃ、たまらない」

「少し言い過ぎました。捜査ミスという言葉は撤回《てっかい》します」

「きちんと謝罪してほしいな」

「おたく、何様のつもりなんだっ。うちの所係長《ハンチョウ》は本庁捜一の六係のリーダーなんですよ」

相沢が所警部よりも先に口を切った。

「だから、なんなんだ？」

「係長《ハンチョウ》は警部なんですよ。失礼ながら、おたくはまだ警部補《ホ》でしょ？　それに所警部は本庁《ホンブ》の人間で、不破さんは所轄の……」

「本庁の刑事のほうが格が上だって言いたいんだな、要するに」

「はっきり言えば、そうですね」

「その思い上がりは問題だな。捜査会議のときにも言ったことだが、刑事《デカ》は刑事《デカ》だよ。本庁も所轄もない」

「それは建前で、警察関係者なら、誰もが所轄刑事のほうが格下だと思ってるでしょ？」

「相沢、そこまで言うな。いやらしくなる。不用意に捜査ミスという言葉を使ったおれが軽率だったんだ。不破さん、失礼しました。ご容赦《ようしゃ》願います。申し訳ありませんでした」

所警部が深々と頭《こうべ》を垂れた。相沢が不満顔で上司に声をかけた。

「係長《ハンチョウ》、そこまでやることはないですよ。われわれは本庁の人間なんですから」

「おまえは黙ってろ！」

所が部下を叱《しか》りつけた。相沢が黙り込む。

「不破さん、これで水に流してもらえますか？」

「いいでしょう。さすが六係のリーダーは大人だな」

「皮肉に聞こえるな。それはそうと、相沢と一緒に秋月を少し締め上げてもらえますね？」

「わかりました」

不破は立ち上がり、上着の上に黒革のコートを羽織《はお》った。相沢がむっとした顔で、先に捜査本部を出ていった。

不破は相沢の後《あと》を追った。二人は黙ったまま、三階から一階まで階段を駆け降りた。交通課の横を抜けて、駐車場に急ぐ。

「不破さんが運転してくれるんでしょ？　こっちは土地鑑《かん》があまりないわけだから」

「おれが道案内をするよ」

不破は言って、灰色のマークXの助手席に乗り込んだ。相沢が軽く舌打ちし、運転席に回り込む。

昔から本庁の捜査員と所轄署刑事には微妙な確執《かくしつ》や軋轢《あつれき》があった。しかし、相沢のように露骨に敵愾心《てきがいしん》を示す本庁刑事は珍しい。不破は大人げないと思いつつも、相沢の鼻をへし折ってやりたい気持ちになっていた。

「秋月の自宅アパートは、確か目黒本町六丁目でしたね？」

運転席に坐《すわ》った相沢刑事が、硬い声で確かめた。

「そう。十×番地にある『目黒ハイム』の一〇五号室だよ。署を出たら、すぐ道案内しようか」

「田舎者扱いしないでください。千葉の船橋育ちですが、二十六のときから本庁勤めなんです。目黒なら、だいたいわかりますよ」

「だったら、道案内は必要ないな。目的地に着いたら、起こしてくれ」

不破は腕を組み、目をつぶった。

相沢がマークXを発進させた。車内は重苦しい沈黙に支配された。

どんな事件でも、刑事は二人一組で聞き込みをする。それが原則だった。相棒と息が合わないと、成果は上がらない。できれば、独歩行《どっぽこう》をしたいものだ。

「秋月は、もう高飛びしたかもしれないな。前夜の帰宅時間をごまかしたことがバレると思ってね」

五分ほど経《た》ったころ、相沢が沈黙を突き破った。

「おれに突っかかってるつもりか」

「そうじゃありませんよ。こっちは、冷静な状況判断をしただけです」

「秋月が逃《フケ》げればいいと考えてるんだろうが？　そうなりゃ、こっちの聞き込みの甘さが露呈《ろてい》するってわけだ？」

「所轄署を転々とさせられると、僻《ひが》み根性が出てくるんですかね」

「なめた口を利いてると、覆面《メン》パトから蹴落《けお》とすぞ」

「不破さんは強行犯係よりも、暴力犯係のほうが向いてるんじゃないですか？　いまの凄《すご》み方、ちょっと迫力がありましたよ。チンピラやくざなら、震え上がるんじゃないのかな」

「おれの頭では、殺人捜査は無理だって言いたいわけか。単細胞《マルタン》のヤー公どもを相手にしてるのがちょうどいいってことかい？」

「やくざ相手なら、ちょっとした捜査ミスをしたって、別に問題にはならないでしょうからね」

「言っとくがな、捜査ミスをした覚えはないぞ」

「頑迷《がんめい》ですね、不破さんは」

「おい、車を停めろ！　そっちとはコンビ解消だ！」

不破は目を開け、大声で吼《ほ》えた。

「わたしだって、あなたのような相棒とは組みたくありませんよ。しかし、上司がペアの組み合わせを決めたんです。どんなに不破さんに嫌われたって、決して離れませんから」

「憎たらしい野郎だ」

「こちらも、あなたのことは好きになれませんね。しかし、コンビで動けと指示されたんです。運が悪かったと、お互いに諦《あきら》めましょうよ」

「なんてこった」

「くっくっく」

「そっちは鳩の生まれ変わりか。おかしな笑い方をするなっ」

「不破さんは五十近いんでしたよね？」

「まだ四十八だ」

「もうでしょ？　四十八歳にしては、精神が若々しいですよ。同世代の男たちは他人と適当に折り合いをつけて、淡々と生きてますからね。つまらないことに拘《こだわ》って、いちいち腹を立てたりしなくなりますでしょ？」

相沢が厭味《いやみ》たっぷりに言って、また喉《のど》の奥で笑った。

「売られた喧嘩《けんか》は、いつでも買うぞ」

「そんなふうにすぐカッカするのは、まだ若い証拠ですね」

「偉そうな物言《ものい》いはやめろ！」

「また怒られそうだけど、不破さんも二、三十代のころは本庁の捜一に配属されることを願ってたんでしょ？」

「一遍《いっぺん》もないよ、そう思ったことは」

「嘘でしょ!? 所轄の強行犯係のほとんどが本庁の捜一に憧《あこが》れてたはずです」

「そのことは知ってるさ。しかし、おれは天《あま》の邪鬼《じゃく》なんだ。みんなと同じようなことはしたくないんだよ。旋毛《つむじ》曲がりなんだ」

「子供のころからですか？」

「ああ。物心ついてから、ずっとさ。みんなが右を向いてたら、左を向きたくなる。周《まわ》りの奴らが左を向いたら、今度は右を向きたくなる。そういう性分《しょうぶん》なんだよ。なんか文句あるのかっ」

「いいえ、別に。そんなふうにひねくれた奴がクラスにひとりか二人はいましたね」

「ひねくれてるんじゃない。生き方が個性的なんだよ。誰か名の知れた詩人が書いてるが、人間は大雑把《おおざっぱ》に三つのタイプに分類できるらしい。華《はな》のある人間、味のある人間、それから只《ただ》の人間……」

「ああ、なるほど」

「たった一度しかない人生なんだから、只の人で終わるのはなんか淋《さび》しいじゃないか。といって、容姿や何かの才能に恵まれてるわけじゃないから、華のある人間にはなれっこない」

「それで、味のある人間をめざしたんですね？」

「うん、まあ。権力や名誉に色目を使うような俗物に成り下がったら、味のある人間とは呼ばれない。だから、おれは異端者でありつづけるコースを選んだわけさ。ちょっとカッコよすぎたか」

「個性的な生き方をしたかったというのはわかりますけど、結局、不破さんは努力したくなかったんでしょ？」

「言ってくれるじゃないか」

「サラリーマンも公務員も同じでしょうが、人の上に立つ者はそれだけ自分を磨くことに力を傾けたから、それなりの地位や評価を得られたんですよ。桜田門で働いてる先輩や同輩は、そういう人たちばかりです」

「所轄署でくすぶってるような刑事《デカ》は落ちこぼれだって言うのか？　聞き捨てにはできない言い方だな」

「優秀な捜査員なら、必ず本庁に誰かが引っ張り上げてくれるもんですよ」

「ちょっと待った！」

　不破は異論を唱《とな》えた。

「また、怖《こわ》い顔になりましたね」

「努力を重ねて出世した人間を悪く言うつもりはないが、優《すぐ》れた刑事は所轄署にだって何人もいるぞ。しかし、どいつも世渡りが下手《へた》で、警察官僚《キャリア》や上層部の目に留《と》まる機会がないから、なかなか出世できないんだよ」

「そういう連中は、まだまだ努力が足りないんだと思うな」

「いや、そうじゃない。民間企業のことはよくわからないが、警察社会は大きな派閥の末端にでも連《つら》なってないと、昇格できない構造になってるからさ。そのことをおかしいと感じた先輩たちがなんとか改革を試《こころ》みたが、内部の不正や腐敗を根絶《こんぜつ》することはできなかった。だから、いまも警察は腐ったリンゴのままなんだよ。巨大な権力を持つ組織に刃向《はむ》かったら、自分が弾《はじ》き出されることになるから。で、多くの警察官《サツカン》は腰抜けになっちまったのさ。しかしな、まだ所轄署には気骨のある刑事も残ってるんだ」

「ご自分のことを言ってるんですか？」

相沢が小ばかにしたような口調で言った。

「おれのことなんかじゃない。地道に捜査活動に励んでる先輩たちのことを言ってるんだ。そういう人たちは陽《ひ》の当たる場所に出ることもないが、刑事魂を燃やしつづけてる」

「それは、本庁のわれわれも同じですよ」

「違うな。桜田門の捜一の連中は総じて思い上がってる。ストレートに言えば、所轄の刑事たちを侮《あなど》ってるよ。一段低く見てるにちがいない」

「どうしてそんなふうに僻むんです？　ちゃんと所轄署の方たちには敬意を払ってますよ。客分だからって、ふん反《ぞ》り返ってなんかないでしょ？」

「本気でそう思ってるんだったら、すでに傲慢《ごうまん》になってしまったんだろうな。そっちは、さっき当然のようにおれに捜査車輛を運転させようとした」

「それは、われわれは地元の地理に不案内だからですよ。こっちは客分なんだと思ってたわけじゃありません。そういうふうに曲解《きょっかい》されたんじゃ、たまらないな」

「本音を言わないとこも本庁の人間の狡《ずる》いとこだ。いい子ぶるなら、言ってやろう。本庁の刑事のほうがすべての面で勝《まさ》ってるという意識があるから、捜査本部の実質的な指揮を執《と》りたがるんだろうが！」

「それは、われわれのほうが数多く凶悪犯罪の捜査を手がけてるからですよ。だから、主導権を握らせてもらったほうが早く事件の片がつくと考えてるだけです」

「きれいごとを言うなよ。本庁の連中は、所轄署刑事を軽く見てるのさ。署長、副署長、刑事課長の三人は桜田門の人間の顔色を常にうかがってるが、現場の捜査員たちはそれぞれプライドも意地も持ってるんだよ。なめた真似《まね》をしたら、こっちもおとなしくしてないぞ」

「子供の喧嘩みたいなことはやめましょうよ」

「真の漢《おとこ》は、死ぬまでガキなんだ。少年っぽさを失った野郎なんか信用できないっ」

不破は言い放って、ふたたび瞼《まぶた》を閉じた。

それから間もなく、マークXが停止した。目を開けると、覆面パトカーは『目黒ハイム』の脇の路肩《ろかた》に寄せられていた。

相沢刑事が先に車を降りた。不破もマークXの助手席から出た。二人は一〇五号室に急いだ。

相沢がインターフォンを鳴らし、ドアを拳《こぶし》で連打した。しかし、応答はなかった。

「秋月は逃走したんでしょう」

「派遣の仕事で出かけてるのかもしれない」

「きのう、あんなことがあったんです。きょうは働く気にはならないと思いますがね」

「しかし、ろくに貯《たくわ》えもないとしたら、稼ぎに行かなきゃならないだろうが。仮に仕事に行ってなかったとしても、逃《フ》げ《ケ》たとは限らない。近くのコンビニかラーメン屋に行っただけなんだろう」

「そうは思えないな。秋月が自分の部屋にいないことを捜査本部《チョウバ》にいる所係長《ハンチョウ》に一《いっ》報《ぽう》入れておいたほうがいい気がします」

「好きにしろ」

不破は投げ遣《や》りに言った。相沢が白っぽいコートのポケットから、携帯電話を摑《つか》み出した。

そのとき、秋月がひょっこり出先から戻ってきた。スーパーマーケットの名の入った黄色いビニール袋を提《さ》げていた。

「買物に出かけてたのか？」

不破は秋月に問いかけた。

「そうっす。食べる物がなくなっちゃったんで、カップヌードルやサンドイッチなんか買ってきたんすよ」

「そうか。きみは昨夜《ゆうべ》、わたしと部下に嘘をついたな。本庁の機捜が有力な目撃情報を摑んでたんだよ。昨夜の八時三十五分ごろ、五反田駅の改札のそばに立ってたな？」

「えっ⁉」

「どうなんだ？」

「それは……」

秋月が言い澱《よど》んだ。相沢がＦＢＩ方式の警察手帳を秋月の眼前に突き出す。

「警視庁捜査一課の者だ。大崎署の不破刑事たちには嘘をついたなっ」

「は、はい」

「『スタッフプール』を出たのは、きのうの午後七時半ごろだった。それは事実なのか？」

「そうです」

「雑居ビルの周辺を巡ってから、ふたたび但島の会社を訪ねて、金属バットで被害者の頭部と顔面をめった打ちにしたんじゃないのかっ」

「おれ、そんなことしてないっすよ。こっちの刑事さんに帰宅時間を早めに言いましたけど、『スタッフプール』の社長を殺したりしてないっす。嘘じゃありません」

「おまえは帰宅時間のことで一度、嘘をついてる。話をすんなり信じるわけにはいかないね」

「そっちは口を挟むな」

不破は相沢を睨《ね》めつけ、秋月を見据《みす》えた。

「おれ、自分の恥を晒《さら》したくなかったんっすよ」

「どういうことなんだ？」

「『スタッフプール』を出てからアパートにまっすぐ帰る気になれなくて、おれ、携帯の出会い系サイトで知り合った十九歳の女の子とデートすることになったんすよ。なんか気分がむしゃくしゃしてたんで、その子とエッチでもして、いやなことは忘れようと思ったんっす」

「相手の娘《こ》の名は？」

「陽奈津《ひなつ》と名乗ってました。多分、偽名でしょうけどね。その娘は二万五千円のお小遣いをくれれば、デートはオーケーですってメールを返してきたんで、午後八時二十分に五反田駅の改札口のとこで落ち合うことになったんすよ。それで八時ごろまで駅周辺をぶらついてから、待ち合わせた場所に行ったんす」

「いくら待ってても、その陽奈津って娘《こ》は現われなかったんだな？」

「そうっす。おれ、からかわれたと思って、自分のアパートに帰ってきたんです。その直後に刑事さんたちがやってきたわけっすよ」

「陽奈津って娘と遣《や》り取《と》りしたメールを見せてくれないか」

「もう削除しちゃいました」

「削除しちゃったのか」

「ええ、頭にきたんでね」

「そういうことなら、サイト名を教えてくれないか。サイトの運営者に当たれば、きみの話が事実かどうかわかるだろうからな」

「そうっすね。ぜひ確認してください」

秋月がサイト名を明かす。不破はメモを執った。

「おまえは、陽奈津という少女と最初っから会うつもりなんかなかったんじゃないのか？」

相沢が秋月に訊いた。

「それ、どういう意味なんすか？」

「鈍いな。アリバイづくりのために出会い系サイトを利用して、その十九歳の娘《こ》とデートの約束をし、もっともらしく但島を殺害した後、五反田駅に行ったんじゃないかってことだよ」

「おれを人殺し扱いするんすか⁉　冗談じゃないっすよ。おれ、『スタッフプール』の社長なんか殺してないって」

「そう言われても、なんか臭いんだよ」

「おれじゃないって言ってるでしょ！」

秋月が相沢に言い、不破に救いを求める眼差《まなざ》しを向けてきた。

「もう部屋に入ってもいいよ。悪かったな」

不破は秋月に詫《わ》び、一〇五号室に背を向けた。

「秋月を任意で引っ張りましょうよ」

相沢が背後で焦《じ》れた。

不破は黙殺して、足を速《はや》めた。

2

プロバイダーの男性社員が狼狽《ろうばい》した。

出会い系サイトを野放しにしていることを咎《とが》められると思ったにちがいない。不破はモバイルフォンを握り直し、相手に自分が風紀係の刑事ではないことを伝えた。

マークXの車内である。秋月の事情聴取を終えた直後だった。

「確かにお問い合わせの方は、昨夜七時四十一分にそのサイトにアクセスしてますね」

「そう。そのことを確認したかったんだ。ありがとう」

不破は終了キーを押し込み、携帯電話を折り畳んだ。ほとんど同時に、運転席の相沢刑事が声をかけてきた。

「どうでした？」

「秋月がきのうの夜、出会い系サイトにアクセスしたことは間違いない。彼は八時過ぎから五反田駅構内で陽奈津という娘を待ってたんだろう」

「しかし、目撃証言者は昨夜の八時三十五分ごろに秋月を見かけたと語ってるだけです。その前に秋月が『スタッフプール』の但島社長を殺害した疑いは捨て切れないでしょう?」

「その疑いがまったくないとは言わないよ。しかし、秋月が但島のオフィスに舞い戻ったという目撃証言があるわけじゃないんだ」

「そうなんですが……」

「刑事の勘を全面的に否定する気はないが、秋月を真犯人《ホンボシ》と断定する確証があるわけじゃない。頭を白紙にすべきだな」

不破は握りしめた携帯電話を上着の内ポケットに収めた。数秒後、着信音が響きはじめた。

モバイルフォンを摑み出す。発信者は部下の真崎だった。

「本庁《ホンブ》の相沢さんがそばにいるんですか?」

「ああ」

「それなら、少し離れてもらえませんかね」

「わかった」

不破は捜査車輛《しゃりょう》から降り、七、八メートル離れた。マークXに背を向ける。

「いま本庁の北浦さんと白金台《しろかねだい》セレモニーホールを張り込んでるんですが、ぼく、頭にきてるんですよ」

「何があったんだ?」

「北浦さんはぼくを半人前扱いして、煙草《たばこ》や飲み物を買ってこいと命じてばかりいるんですよ。その上、所轄署刑事を侮辱《ぶじょく》したんです。田舎侍なんかに手柄は立てさせないと言ったんですよ。思い上がってますよ、あの男は」

「そうだな。北浦刑事はどんなときに真崎を張り込み現場から遠ざけようとしたんだ？」

「未亡人の玲子がセレモニーホールの外に出てきて、誰かと携帯で話すときはきまって何かぼくに用を言いつけるんですよ。まるで捜査情報をぼくに知られることを恐れてるような感じでしたね」

「真崎、そうなんだよ」

「えっ!?」

「桜田門の奴らは、大崎署《うち》の者たちを出し抜く気でいるんだろう。自分たちだけで手がかりを握り込んで、先に但島殺しの犯人《タマ》を逮捕《パク》る気でいるにちがいない」

「でも、本庁と所轄の刑事がペアを組んでるわけですから、抜け駆けなんかできないでしょう？」

「向こうの兵隊は八人で、こっちは総勢六人だ。捜査員の数が同数じゃないんで、本庁の黒岩哲哉《くろいわてつや》と小池謙作《こいけけんさく》がコンビを組んでる。北浦は、あの二人に加害者を確保させるつもりでいるんだろう」

「そうなんですかね。言われてみると、予備班長の所警部から連絡があると、北浦さんは必ずぼくから遠ざかって、声を潜《ひそ》めて話をしてますね。それで、ぼくには私的な電話だと……」

「なら、所班《ところはん》の連中は結託《けったく》して、自分らで点数を稼ごうとしてるんだろう」

「そんな汚いことをしてもいいのかな。よくないでしょ？」

「所警部は何がなんでも所轄の人間には手柄を立てさせたくないんだろう。大崎署《うち》の織部署長はいつも本庁の奴らに花を持たせろと言ってるから、所班がアンフェアな手を使っても抗議はしないはずだ。それどころか、そうなることを望んでるにちがいない。腰巾着《こしぎんちゃく》の副署長や刑事課長もな」

「そんなことは赦《ゆる》せませんよ。不破さん、本庁の神尾管理官に所班が汚い手を使おうとしてることを言ってやりましょう」

「神尾だって、敵側の人間だ。公平な立場を貫《つらぬ》くとは思えない」

「そうか、そうでしょうね。虚仮《こけ》にされたままじゃ、なんか癪《しゃく》だな」

「真崎、きのう、トイレで持ちかけた話を憶《おぼ》えてるな？」

「ええ」

「手柄なんてどうでもいいことだが、本庁《ホンブ》の奴らに田舎侍なんて侮辱されて黙ってちゃ、男が廃《すた》るだろう？」

「そうですね。所轄署にいるからって、別に無能ってわけじゃありません。ぼんくら扱いされて、使いっ走りにされてるんじゃ面白くないですよ」

「だったら、おれと組んで奴らを翻弄《ほんろう》させて、加害者を先に捕《つか》まえてやろうや」

「そうできたら、さぞや溜飲《りゅういん》が下がるだろうな。しかし、そんなことが可能ですかね？」

「加害者がわかったら、おれが相沢の目を盗んで緊急逮捕する。そうすれば、桜田門の連中の得点にはならないはずだ」

「そうですね。しかし、署長は本庁《ホンブ》の捜査員に花を持たせたいと思ってるわけだから、不破さんに辛《つら》く当たるだろうな。もちろん、ぼくにもね」

真崎が言った。

「署長の評価を気にしてるのか？」

「見損なわないでください。ぼくは点取り虫なんかじゃありません。岩松係長がとばっちりを受けるのは少し気の毒だと思ったんですよ」

「そうだったのか」

「係長は八方美人ですが、根は悪い人間じゃないと思います。他人とぶつかることを避《さ》けたくて、どんな相手とも話を合わせてますけどね」

「確かに岩松係長は自分の意見を口にしないが、部下を踏み台にして偉くなりたいと考えてるような人間じゃない。家族を大切にする小市民なんだろう。毒にも薬にもならない上司だが、別に腹黒いわけじゃないんだ」

「ええ。そんな係長まで減点されちゃうのは、ちょっと気の毒でしょ？」

「真崎は気持ちが優しいんだな。それにイケメンだから、マドンナ記者も心を奪われたんだろう」

「なんでここで早見さんのことが出てくるんですか？」

「真崎と彼女は、お似合いのカップルになると思うぜ」

「話を脱線させないでくださいよ。岩松係長に迷惑かけない方法で、桜田門の連中をうまく出し抜きましょう。ぼくは駆け引きとか他人を騙《だま》すことは苦手だから、不破さん、せいぜい知恵を絞ってください」

「おれをぺてん師みたいに言いやがって」

「決して優等生じゃないでしょ？」

「まあな。何かうまい手を考えてみるよ」

「お願いします。肝心な話が後回しになってしまいましたが、但島玲子には浮気相手がいるんだと思います。きょうは夫の通夜《つや》だというのに、セレモニーホールの外で何度も誰かと電話で長話をして、笑い声もたててましたから。電話の相手は、亡夫に隠れて浮気してた男なんじゃないのかな」

「未亡人は通夜の席を抜け出して、近くで不倫相手と密会するかもしれないな」

不破は言った。

「いくらなんでも、そんなことはしないでしょ？」

「わからないぞ。愛人を囲ってた夫を憎んでたとしたら、未亡人は晴れやかな気持ちになってるだろうからな。ある種の解放感が玲子を大胆にさせるかもしれないぜ」

「そうですかね」

「真崎、未亡人がこっそりセレモニーホールを抜け出したら、北浦刑事の目を上手に逸《そ》らして、彼女を単独で尾行してくれ」

「了解しました」

「もし玲子が浮気相手とどこかで落ち合っても、そのことは北浦はもちろん、予備班にも報告はしないでくれ」

「わかってますよ。他人を欺《あざむ》くのは少し後ろめたいけど、なんかスリリングだな。ぼく、わくわくしてきました」

「そうか。まずいことになったら、こっちが責任を被《かぶ》る。真崎はおれに脅されて、協力したと言い張ればいい。わかったな？」

「ぼくは卑怯者《ひきょうもの》でも弱虫でもありません。出し抜き作戦が発覚したときは、堂々と共犯者だったことを認めますよ」

「もう少し狡く立ち回れよ。不器用な奴だ。しかし、おれは真崎のような男は嫌いじゃないよ。所班のメンバーや署長にバレないよう、要領よく本庁の奴らを出し抜こうじゃないか」

「そうしましょう」

真崎が明るく応じ、通話を切り上げた。

不破は携帯電話を懐《ふところ》に戻し、覆面パトカーに戻った。助手席のドアを閉めると、相沢刑事が開口一番に訊《き》いた。

「電話、大崎署の岩松警部からですか？」

「いや、女房からだよ。風邪をひいて、熱があるらしいんだ」

不破は言い繕《つくろ》った。

「熱を出された奥さんと長電話ですか？」

「何か疑わしそうな言い方だな。なんなら、着信履歴を見せようか？」

「そこまでしていただかなくても結構です。不破さんは愛妻家なんですね」

「そうじゃないよ。恐妻家なんだ。家内の愚痴《ぐち》をちゃんと聞いてやらないと、フライパンで頭を思いっ切り叩かれるんだよ」

「不破さんがそういう冗談を言われるとは思わなかったな」

「野暮《やぼ》ったいジョークだったろう？　おれたちは田舎侍だからさ」

「田舎侍？」

「本庁《ホンプ》のスター刑事たちは、われわれ所轄署の人間をそう呼んでるらしいじゃないか」

「たまに北浦さんがそんな言い方をしてるようですね。しかし、ほかのみんなはそんな失礼な言い方はしてませんよ」

「北浦警部は大名気取りでいるんだろうな」

「そこまでは思ってないでしょ」

「本庁の捜査一課は花形セクションだが、別にエリートコースじゃない。警務部か公安部出身じゃなければ、幹部にはなれないからな。妙なエリート意識を持ってる奴こそ、田舎侍さ」

「誰にもコンプレックスはあるもんですが、不破さんの僻み根性は病的だな」

「なんだと!?　おい、車から出ろ！」

「やめましょうよ、二人とも子供じゃないんですから。それより不破さんが電話中に所係長《ハンチョウ》から連絡があって、とりあえず秋月を窃盗容疑で身柄《ガラ》を押さえることにしたそうです。間もなく黒岩・小池班が令状《オフダ》を持って、こっちに来るという話でした」

「窃盗容疑だって？」

「そうです。五日前に秋月は隣室に住んでる大学生の自転車を無断で使用して、二時間ほど乗り回してたんですよ。持ち主の証言を得られたんで、逮捕令状をきのうのうちに裁判所に請求してたらしいんです」

「そんな話は聞いてないぞ」

「うちの所係長《ハンチョウ》は織部署長に話は通してあると言ってましたがね。上司の岩松係長から何も聞いてないんですか？」

相沢が目を丸くした。どこか芝居がかっている。

「係長からも梅宮課長からも伝達はまったくなかったよ」

「それはよくないな。命令系統に乱れがあると、捜査がスムーズに進まなくなりますからね」

「所警部が秋月を別件で逮捕することは大崎署《うち》の刑事には黙っててくれと署長に頼んだんじゃないのか？」

「なんのためにそんなことをする必要があるんです？」

「それは……」

不破は言いさして、言葉を呑《の》んだ。本庁の捜査員が手柄を先に立てたいのではないかと口にしたら、藪蛇《やぶへび》になる。こちらが抜け駆けを狙っていることを覚《さと》られるのは得《とく》策《さく》ではない。

「不破さん、どうされたんです？」

「とにかく、別件逮捕は気に入らないな。一種の反則技だからさ」

「ですが、秋月はかなり強《したた》かみたいなんで、やむなく別件で身柄《ガラ》を確保することにしたみたいですよ」

「それで、秋月は無断で乗り回した自転車をどこかに放置したか、売っ飛ばしちゃったのか？」

「いいえ、自転車は元の場所にちゃんと戻したそうですよ。しかし、他人の所有物を無断で乗ったわけですから、窃盗罪が成立します。法的には何も問題はないでしょ？」

「そうだが、やり方がフェアじゃないな。公安刑事がちょくちょく使ってる〝転び公《こう》妨《ぼう》〟とあまり変わらないじゃないか」

「全然違いますよ。公安部の連中は自分でわざと転んで、公務執行妨害罪と称して、被疑者を連行してます。しかし、秋月は他人の自転車を勝手に使ったんです。紛《まぎ》れもなく犯罪行為ですよ。違法です」

相沢が上司の所警部を庇《かば》った。

「本庁《ホンブ》の六係は汚い手を使ってまで一日も早く片をつけたいんだろうが、秋月はクロなんかじゃない。彼がシロだったら、所班《ところ》は大恥をかくことになるんだぞ。十人の兵隊を引き連れてポカをやったんじゃ、ちょっとした笑いものだ」

「そうはならないでしょう」

「何か所《ところ》班は物証を握ってるのか？　だとしたら、所轄署のわれわれにも情報を流してくれないとな」

「物証はまだ摑んだわけではありませんが、うちの所係長《ハンチョウ》の嗅覚《きゅうかく》は人並外れてますから、秋月が臭《くさ》いと感じたんでしょう」

「多分、外れだよ」

「不破さんは誰が怪しいと思ってるんです？　未亡人の玲子だと考えてるのかな。被害者の但島は愛人を囲ってましたからね。妻としては、夫を殺してやりたいと思うぐらいに憎んでたでしょうし、軽蔑もしてたにちがいありません」

「そうだろうな」

「愛人の仁科梨絵がパトロンと何かで揉めてたとしたら、犯行の動機はあるかもしれません。どっちかを疑ってるんでしょう？」

「容疑者は二人だけじゃない。殺された但島は、派遣労働者たちからも日当をピンハネしてたようなんだ。それから未亡人に『グロリアエステート』をやらせて、ワーキングプアを喰《く》い物にしてた」

「そう言えば、被害者に大型カッターナイフを突きつけたという湯原将彰の居所は所轄が調べてくれたんでしょ？」

「おれの部下が都内の漫画喫茶、ネットカフェ、カプセルホテル、サウナなんかを回ってくれたんだが、残念ながら……」

「当然、湯原の実家には当たってみたんでしょ？」

「宇都宮《うつのみや》の実家には戻ってなかったって話だったな。親兄弟には電話もしてないそうだよ。湯原の友人や知人にも当たってもらったんだが、消息はわからなかったんだ」

「そうですか。その湯原は刃物を振り回してるんですから、但島社長を撲殺した可能性もあるな。秋月が一番疑わしいですが、玲子、梨絵、湯原の三人もマークしといたほうがいいのかもしれません」

「そうだね。しかし、いまから捜査対象者を絞り込まないほうがいいだろうな。単純と思える事件ほど案外、背後関係が複雑で入り組んでるもんだ」

「そうなのかな。事件の真相は、拍子抜けするほど単純なんじゃないんだろうか。状況証拠では、やっぱり秋月が怪しいですよ」

「そう思ってればいいさ」

不破は口を閉じた。

それから数分が経過したころ、覆面パトカーの横を濃紺のアリオンが通過した。警察車輌だった。

アリオンは、マークXの前に停まった。降り立った二人は本庁の黒岩と小池だった。どちらも三十代の前半だ。

「秋月を確保しましょう」

「おれは行かない。別件逮捕は反則技だと思ってるんでな」

「それじゃ、車の中で待っててください」

相沢刑事がマークXを降り、黒岩たち二人に歩み寄った。三人は路上で短く何か言い交わした。相沢は黒岩から逮捕令状を受け取ると、勢い込んで歩きだした。黒岩と小池が相沢に従う。

三人は、ほどなく『目黒ハイム』の敷地に踏み込んだ。

不破は一瞬、秋月を逃がしてやりたい衝動に駆られた。しかし、思っただけだった。逮捕令状が下《お》りている被疑者の逃亡を幇助《ほうじょ》したら、懲戒免職になるだろう。

秋月の別件逮捕には納得できないが、窃盗容疑による検挙は違法ではない。姑息《こそく》な別件逮捕を詰《なじ》っても、事態を変えることは不可能だ。

不破は、無力な自分を呪《のろ》うほかなかった。

両腕を黒岩と小池に取られた秋月が表に現われたのは、およそ七分後だった。前手錠を打たれていた。相沢刑事は秋月の真後ろにいた。

「手錠《ワッパ》を外してやれ。そいつは数時間、自転車を無断拝借しただけじゃないかっ」

不破はマークXから出て、相沢に怒鳴《どな》った。

だが、相沢は何も反応を示さない。黒岩と小池も押し黙ったままだ。

「おまえら三人はロボットと同じだ。血が通ってないっ」

不破は悪態《あくたい》をついた。それでも、相沢たちは口を開かなかった。

秋月がアリオンの後部座席に乗せられた。黒岩が抜け目なく秋月の横に坐る。小池が運転席に乗り込んだ。

「大崎署に戻りましょう」

相沢がマークXに回り込んだ。不破は、覆面パトカーの後輪を蹴《け》りつけた。

3

取調室は丸見えだった。

不破は、取調室1に接続している小部屋にいた。刑事たちに〝面通し部屋〟と呼ばれている二畳ほどの狭いスペースだ。

大崎署の刑事課の奥である。二階だった。

マジックミラー越しに秋月の背中が見える。スチールデスクの向こう側には、本庁の所雅之警部が坐っている。その斜め後ろに立っているのは、大崎署の岩松強行犯係長だ。

採光窓側に置かれたパソコンデスクには、相沢刑事が向かっていた。記録係だ。供述調書を手書きで記《しる》す警察署も少なくないが、最近はパソコン打ちが増えつつある。

「隣室の大学生の自転車を無断で乗り回したことは認めるな？」

所警部が秋月に確かめた。

「はい。軽い気持ちで自転車に乗ってしまったんすよ、鍵が掛かってなかったんでね」

「軽い気持ちなら、他人の所有物を無断で使ってもいいのか？」

「いいえ、よくないことっすね。隣の大学生の自転車に断りもなく乗ってしまったことは反省してます」

「反省するだけなら、猿でもできる」

「おれ、いや、ぼくは自転車を売ったわけじゃないんすよね。それなのに、窃盗罪になるだなんて……」

「れっきとした窃盗罪じゃないかっ」

「法的にはそうなるのかもしれないけど、いくら何でも厳しすぎるっすよ」

秋月が弱々しい声で抗議した。

「開き直るつもりか。上等じゃないかっ。そっちがそう出てくるなら、おまえの身柄を勾留《こうりゅう》期間ぎりぎりまで押さえるぞ。アメリカ、フランス、イギリスは最長で数日しか被疑者を勾留できないが、日本は二十三日も留《とど》めておけるんだ」

「数時間、他人の自転車を乗っただけなのに、そこまでするのはひどすぎるでしょ？」

「犯罪者がいっぱしのことを言うんじゃないよ。また生意気なことを言ったら、革の鎮静衣《ちんせいい》を着せて防声具を嚙《か》ませ、独居房《どっきょぼう》に放り込むぞ」

「民主警察がそんなことをしてもいいんすかっ。それじゃ、まるで昔の特高警察みたいじゃないっすか！」

「冗談、冗談だよ。秋月、早く楽になれよ」

「は？」

「おまえが『スタッフプール』の但島社長を金属バットで撲殺したんだよな？　日当までピンハネされてたんじゃ、頭にくるってもんだ。社長を憎む気持ちはよくわかるよ」

「ぼくは但島社長を殺してません。会社に談判に行って、揉み合いになったことは事実っすけど」

「そのとき、黒いニット帽と携帯のストラップを事件現場に落としたって話だったよな？」

「ええ、そうっす。興奮してたんで、その両方を落としたことに気づかなかったんすよ」

「そんなことあるわけない」

「どうしてそう言い切れるんすか？」

「おまえは最初の聞き込みのとき、嘘をついた。七時半ごろに『スタッフプール』を出て、まっすぐ自宅アパートに戻ったと供述した。しかし、実際に帰宅したのは午後九時過ぎだった。要するに、被害者が殺された時間帯に五反田周辺にいたわけだ」

「そのことについては、そちらにいる相沢さんにちゃんと話したじゃないっすか」

「ああ、相沢から報告を受けてる。おまえが出会い系サイトにアクセスして、陽奈津という十九の娘《こ》とデートする約束を取りつけたことは間違いないんだろう。しかし、そっちが五反田駅の改札口のそばに立ってたのは事件当夜の八時五十分ごろだ。それまでの目撃情報はない」

「どこかに目撃者がいると思うな。もっとよく捜してくださいよ」

「われわれがいい加減な捜査をしてるとでも言うのか！　ふざけるな。手なんか抜いてないっ」

所が声を荒らげ、掌《てのひら》で机の板面《ばんめん》を叩いた。秋月が上体をのけ反《ぞ》らせた。

「秋月、もう観念しろよ」

相沢刑事が椅子ごと体を反転させた。不破は長嘆息《ちょうたんそく》し、神経を耳に集めた。

「何を観念しろって言うんすか？」

「往生際が悪いな。おまえが但島社長を殺害したんだろ？　金属バットはどこに棄《す》てたんだ？　自分の部屋のどこかに隠してあるのか？」

「やめてくださいよ。ぼくは人殺しなんかやってません、絶対にね」

秋月が強く犯行を否認した。相沢が秋月を睨《にら》みつけ、パソコンに向き直った。

「所警部、秋月を書類送検して帰らせたほうがいいんではありませんか。別件で何日も勾留してることがマスコミに知られたら、面倒なことになるでしょうから」

岩松がためらいがちに言った。

「何を言ってるんです！　秋月は本件の重要参考人なんですよ。うっかり泳がせたら、高飛びされるかもしれないんだ」

「飛べないでしょう。それに、秋月が重参《じゅうさん》（重要参考人）だという決め手があるわけじゃないですから」

「岩松さんは、秋月がシロだと思ってるんですか？」

「そういうわけではないんですけどね」

「だったら、黙っててくれませんか。われわれは殺人捜査を数多く手がけてきたんです。少なくとも、所轄の五倍も六倍もね」

「僭越《せんえつ》なことを言ってしまいました。すみませんでした」

「われわれに任せてくださいよ」

所が苦り切った顔で言った。不破は黙っていられなくなった。見込み捜査を強行すれば、冤罪《えんざい》を招くことになる。

面通し部屋から出ようとしたとき、本庁の黒岩刑事が取調室1に飛び込んできた。透明なビニール袋に入った茶色っぽい金属バットを手にしている。バットは血痕《けっこん》だらけだった。

「凶器班がこのバットを『目黒ハイム』の近くの建築資材置き場の隅で発見したんです。おそらく、本事案《ほんじあん》の凶器だと思います」

「すぐに鑑識班に検《しら》べてもらってくれ。バットから秋月の指掌紋《ししょうもん》か汗が検出されたら、DNA型鑑定だ。それで、殺人容疑に切り換えよう」

所警部が部下の黒岩に言った。黒岩が大きくうなずき、あたふたと取調室1から出ていった。

「もう諦めたほうがいいな。金属バットから検出された指紋か汗で、おまえが加害者とわかるだろうから」

「ぼくは殺人事件には無関係っすよ」

秋月が所に言った。

「おまえの自宅アパートの近くで、本件の凶器と思われる金属バットが見つかったんだ。誰だって、おまえがバットを棄てたと思うだろうが！」

「仮にぼくが犯人なら、自宅とは遠く離れた場所に棄てるっすよ。わざわざアパートの近所の建築資材置き場に棄てる馬鹿はいないでしょ？　誰かが、ぼくに濡衣を着せようとしたんすよ。ええ、そうに決まってます」

「誰かって？　思い当たる人物がいるのか？」

「別にいませんけど、真犯人がぼくを陥《おとしい》れようとしたとしか考えられないっすね」

「苦し紛れの弁解なんだろうが、おまえの話を鵜呑《うの》みにするほど甘くないぞ」

「金属バットから、ぼくの指紋も掌紋も出るわけないっす」

「犯行時は両手に手袋を嵌《は》めてたんだな？」

「そうじゃなく、あのバットを握った覚えなんかないからっすよ」

「粘《ねば》るな。前科者みたいにしぶといね」

「前科なんかありませんよ」

「わかってる。おまえが連行される前に、A号照会したからな」

「A号照会？」

「犯歴照会のことさ。警察用語だよ」

「そうなんすか。とにかく、ぼくは殺人事件には関与してません。それだけは言い切れます」

「自転車泥棒がそう言っても、説得力がないな」

所警部が薄く笑った。記録係の相沢が上司に同調する。不破の上司は途方に暮れたような表情だった。

不破は、秋月を別件容疑で何日も勾留することには賛成できなかった。しかし、いま本庁の所警部に私見を述べるのは早すぎる。鑑識の結果を待つべきだろう。

不破は面通し部屋をそっと出て、刑事課の自席に落ち着いた。梅宮刑事課長の姿は見当たらない。強行犯係の隣の暴力犯係の刑事たちが数人いるだけだった。

不破はゆったりと紫煙《しえん》をくゆらせはじめた。

一服し終えたとき、部下の真崎から電話がかかってきた。

「やっぱり、未亡人の玲子は浮気してたようです。いま彼女は白金台セレモニーホールから少し離れたティー&レストランで、三十七、八歳の男とコーヒーを飲んでます。二人はかなり親しそうなんですよ」

「未亡人の不倫相手と思ってもいいだろう。で、その男の素姓《すじょう》は？」

「まだ摑んでません。玲子と別れたら、男を尾《つ》けてみます」

「ああ、頼む。捜一の北浦には怪しまれてないな？」

「ええ、多分ね。玲子は、北浦さんが居眠りをしてるときにセレモニーホールを抜け出して、男の待つティー&レストランに入っていったんですよ」

「そっと捜査車輛から出たのか？」

「そうです」

「あまり張り込み現場を離れるのは、まずいな。二十分以内には覆面《メン》パトに戻れ。いいな？」

「三十分ぐらいは大丈夫だと思います。ぼく、北浦さんに腹の調子がよくないと言ってありますんで」

「それでも、三十分以上もトイレにこもってたという嘘は通用しないだろうが？」

「そうでしょうね。そのへんは、うまくやりますよ」

「真崎、なんか愉《たの》しそうだな」

「本庁《ホンブ》の連中の鼻をへし折ってやったら、下剋上《げこくじょう》の歓《よろこ》びを味わえると思うと、なんか愉しくなってきたんですよ」

「そうか」

「そちらに何か動きはありました？」

「ああ、少しな」

不破は、秋月が別件で逮捕されたことをかいつまんで伝えた。凶器と思われる金属バットが見つかったことも話す。

「窃盗容疑で秋月をしょっ引くなんて、やり方が姑息ですね」

「ああ。DNA型鑑定の結果が出て、秋月がシロだとわかったら、窃盗で書類送検して、ただちに釈放すべきだと所警部に言ってやるつもりだよ」

「そうしてやってください。また、報告を上げます」

真崎が先に通話を切り上げた。不破はモバイルフォンを上着の内ポケットに突っ込み、椅子から立ち上がった。

通路をたどり、取調室1の横の面通し部屋に入る。秋月は机に突っ伏していた。泣いているようだった。

所警部と相沢は白けた顔をしている。岩松は困惑顔だった。
五、六分後、黒岩が取調室1に入室した。
「どうだった？」

所が早口で問いかけた。

「残念ながら、金属バットから秋月の指掌紋や汗は検出されませんでした。しかし、先端にへばりついていた数本の頭髪は被害者のDNA型と一致しました。つまり、発見されたバットは本件の凶器と断定されたわけです」

「なら、秋月の容疑は晴れないな。犯行後、血塗《ちまみ》れの凶器を自宅近くに遺棄《いき》した可能性があるからね」

「その疑いは濃いと思います」

黒岩が追従《ついしょう》した。秋月が顔を上げ、涙でくぐもった声で叫んだ。

「他人《ひと》を疑うのも、いい加減にしてくれ！」

「秋月、素直に自白《ウタ》ったほうが得だぞ。われわれだって、検事だって、ごく普通の人間なんだ。過《あやま》ちを悔《く》いて、罪を償《つぐな》いたがってる犯罪者に更生のチャンスを与えてやりたいと思ってるんだよ」

「『スタッフプール』の社長を殺してなんかいないっすよ。ぼくを人殺し呼ばわりしないでくれ。弁護士の国村学《くにむらまなぶ》先生に連絡を取らせてくれないか」

「おまえ、あの人権派弁護士とつき合いがあるのか!?」

所警部が声を裏返らせた。

四十五歳の国村弁護士は、ちょくちょくマスコミに登場している著名人だった。冤罪事件の被告人を何人も無罪にし、社会的弱者たちの弁護を進んで引き受けている。四、五年前からワーキングプアたちに救世主と崇《あが》められ、全国の労働者ユニオンと連携し、悪質な人材派遣会社を次々に懲《こ》らしめてきた。理知的な容貌で、テレビのコメンテーターとして人気を集めていた。

もちろん、不破は国村弁護士のことを知っていた。いかなる権力に対しても臆《おく》することなく堂々と嚙みつく姿勢は頼もしく、とても清々《すがすが》しい。正義の塊《かたまり》なのだろう。

「人権派弁護士とは、どの程度の知り合いなんだ？」

所警部が秋月に訊いた。

「『城南《じょうなん》労働者ユニオン』の事務局で、十回以上は国村弁護士に会ってるっすよ。先生は、ぼくら派遣労働者が派遣先で冷遇されてることを親身になって聞いてくれて、派遣先に待遇改善をするよう勧告してくれたんす。『スタッフプール』のあこぎな搾取《さくしゅ》にも憤《いきどお》ってくれて、そのうち必ずお灸《きゅう》をすえてやると約束してくれてたんすよ。ぼくが不当な取り調べを受けてると訴えたら、あの先生はきっと味方になってくれるにちがいない。だから、国村先生に連絡をしてほしいんすよ」

「まだ弁護士との接見は認められないな」

「どうして？　なぜなんすかっ」

「取り調べ中だからさ」

「もう取り調べは済んでるじゃないっすか！　ぼくはアパートの隣室の大学生の自転車を無断で乗り回したことを認めたんだ。そのことが窃盗罪になるんなら、それでもかまわないっす。早く東京地検に送致してくださいよ」

「おまえには余罪がある。いや、ありそうだと言い直そう。下手に断定すると、後で国村弁護士に突っ込まれそうだからな」

「ぼくは誰も殺《や》っちゃいない。但島社長なんか殺害してないんだ。それなのに、まだ取り調べを続行するなんて不当っすよ。国村先生に話したら、ものすごく怒ると思うな」

「とにかく、まだ取り調べは終わってないんだ。凶器の金属バットがおまえのアパートの近くの建築資材置き場で発見されたからな」

「そのことは、もう話は終わったはずじゃないっすか。誰かが、ぼくを但島社長殺しの犯人に仕立てようとしたにちがいないっすよ」

「それは、おまえの言い逃《のが》れだ」

「いいから、国村先生の事務所か自宅に電話をしてくれよ。いや、電話をしてください。お願いします」

「いまは駄目だ。『スタッフプール』の社長を殺したことを認めたら、すぐ国村弁護士に連絡してやる」

「あんたたちは法の番人なんかじゃない。市民の敵っすよ。国民の税金で食べさせてもらってるんなら、一般市民の人権をちゃんと尊重してくれ」

「なにーっ！」

「殴りたければ、殴れよ。そのことも国村先生に言ってやる！」

秋月が喚《わめ》いた。所警部が固めた拳を机の下に隠した。

不破は小部屋を出て、取調室1に足を向けた。ノックをし、入室する。

「なんだね？」

上司の岩松係長が驚きの声を洩《も》らした。不破は曖昧《あいまい》に笑って、所警部に顔を向けた。

「取り調べの様子は〝覗《のぞ》き部屋〟から見させてもらいました。別件の容疑で本件の取り調べを強引に続行するのは、ちょっと問題でしょ？　金属バットに秋月の指掌紋が付着してたわけじゃないんだから」

「そうだが、本事案の凶器は秋月の自宅アパートの近くの建築資材置き場で発見されたんだ。秋月を疑っても問題はないはずだがね」

「はっきり言うが、取り調べを続行するだけの根拠は希薄《きはく》でしょ？」

「重要参考人や容疑者を最初に取り調べるのは予備班の仕事だ。捜査班の人間がしゃしゃり出る幕じゃないと思うな」

「見込み捜査ってことになったら、国村弁護士はマスコミを総動員して、警察の横暴ぶりを告発するんじゃないのかな？　そうなったら、所警部は桜田門にいられなくなるかもしれませんよ」

「余計なお世話だ」

所が言葉を切って、後方を顧《かえり》みた。

「岩松さん、なんとか言ってくださいよ。不破刑事は、あなたの部下でしょ？」

「すみません。わたしが不破によく言い聞かせますので……」

岩松係長がおたつきながら、不破を取調室１から押し出した。二人は五、六メートル先の通路で向かい合った。

「係長、秋月はシロですよ」

「わたしもそう感じたんだが、本庁《ホンブ》の人たちを怒らせると、署長、副署長、刑事課長の三人に代わる代わる叱られることになるんでね」

「わかりました。もういいですよ。引っ込めばいいんでしょ？」

「そうしてもらえると、ありがたいね」

「なんてこった」

不破は岩松係長に背を向け、刑事課強行犯係のブロックに歩《ほ》を運んだ。

自分のデスクに向かい、パソコンで国村学法律事務所のホームページを開く。事務所は港区虎ノ門にあった。不破は代表電話番号をメモし、急いで署を出た。自分の携帯電話を使って、国村弁護士に密告するわけにはいかない。

ＪＲ大崎駅の近くに公衆電話があった。そこまで走る。

不破はメモを見ながら、人権派弁護士の事務所に電話をかけた。受話器を取ったのは、中年の女性秘書だった。

不破は依頼人を装って、電話を国村に替わってもらった。

「どのようなご相談でしょう？」

「事情があって、名乗るわけにはいかないんです。早い話が、密告電話ですよ。先生は、『スタッフプール』に派遣登録をしてる秋月辰典のことをご存じですか？」

「ええ、よく知ってますよ。秋月君がどうかしたんですか？」

「大崎署に設置された捜査本部に別件容疑で逮捕されて、殺人の疑いをかけられてます。彼はシロだと思います。秋月辰典は先生との接見を取調官に求めたんですが、拒否されました。取り調べは不当と言えるでしょう」

「わかりました。これから、ただちに大崎署に向かいます。これは内部告発なんですね？」

「ご想像に任せます」

「あなたの名を表に出すことは絶対にしませんので、せめてお名前を教えてくれませんか？」

国村が言った。不破は無言のまま、受話器をフックに掛けた。

踵《きびす》を返し、署に舞い戻る。一階のロビーに足を踏み入れたとき、真崎から電話連絡があった。

「未亡人と会ってた男の名は、諏訪充利《すわみつとし》です。三十八歳で、広尾《ひろお》の輸入雑貨の店のオーナーでした。店の名は『イノセント』です。玲子は、その店の常連客でした」

「その諏訪は妻子持ちなのか？」

「二年前に離婚して、目下《もっか》、独り暮らしです」

「そうか。未亡人は、セレモニーホールに戻ってるんだな？」

「ええ。ぼくも持ち場に戻りました。いま北浦さんは、セレモニーホールのロビーにいます」

「北浦に怪しまれてないな？」

「大丈夫です。その後、そちらに動きはありました？」

「ちょっとな」

不破は周囲に人影がないことを目で確かめてから、人権派弁護士に密告電話をかけたことを小声で教えた。

「国村弁護士が署に乗り込んできたら、秋月を何日も勾留はできなくなるでしょう？」

「ああ。所警部は明日か明後日《あさって》には秋月を書類送検して、釈放《パイ》せざるを得なくなるだろう」

「でしょうね。ぼくは北浦さんに気づかれないようにしながら、諏訪のことを探《さぐ》ってみます」

「いや、真崎はもう動くな。国村弁護士が署に来たら、こっちが広尾の『イノセント』に行ってみる」

「そうですか。了解しました」

真崎が電話を切った。

不破はモバイルフォンを折り畳み、階段の昇降口に向かった。

4

カツ丼は冷め切っていた。

食欲はそそられなかったが、空腹感は充《み》たさなければならない。

不破は左手で丼を持ち、箸《はし》を使いはじめた。

捜査本部の一隅である。国村弁護士に密告電話をしてから、およそ二十五分が経《た》っていた。

「もう冷めてしまったでしょう？」

庶務班の若い刑事が日本茶を運んできた。署の生活安全課から駆り出された男で、笹《ささ》という苗字だった。

「ありがとう。庶務班の仕事は守備範囲が広いから、何かと大変だよな」

「ええ、まあ。でも、やり甲斐《がい》があります。自分、刑事課強行犯係に配属を願ってますんで、捜査本部の一員にしてもらえたことは光栄だと思ってます」

「そう」

「本庁《ホンブ》の方たちは、秋月という派遣労働者が本件の加害者と読んでるようですね。不破さんの筋読《すじよ》みも同じですか？」

「こっちの心証だと、秋月はシロだな」

「そのことを予備班長の所警部には言われたんですか？」

「言ったよ。しかし、桜田門の連中は秋月が犯人《ホシ》だと思ってるようだな」

「そうですか。大きな声では言えませんが、本庁《ホンブ》の方たちはちょっと態度が大きいですよね。捜査費は所轄が負担してるのに、大崎署《うち》のみんなはなんか遠慮しすぎてるんではないでしょうか？」

「署長が本庁の連中に気を遣《つか》ってるんで、連中は図に乗ってるんだろう。このトップはキャリアの主流派に気に入られたいんだよ。署長は準キャリだからな。総合職試験合格者に取り入って、早く出世したいと思ってるにちがいない」

「そうなんですかね。それにしても、桜田門の方たちが捜査の主導権を握ってるのはなんか面白くないな。事件は大崎署《うち》の管内で発生してるわけですからね」

「そうなんだが、そういう不満を言ってると、なかなか刑事課に回してもらえないぞ」

「かもしれませんね。ですけど、おかしいと思ったことはちゃんと言いませんと、ストレスが溜《た》まってしまいます」

「きみのような刑事が多くなれば、警察社会も少しはよくなるだろう。頑張ってくれ」

不破は笑顔で言って、カツ丼を掻《か》き込んだ。笹が軽く頭を下げ、ゆっくりと遠のいた。

夕食を摂《と》り終えたとき、梅宮刑事課長が捜査本部に駆け込んできた。表情が硬い。

「国村弁護士に密告電話をかけたのは、きみじゃないのかっ」

「いったい何のことです？」

不破は空とぼけた。

「少し前に国村が署に乗り込んできて、秋月を別件で逮捕したのは不当だとまくし立ててね、即時に釈放しろと署長に詰め寄ってるんだ」

「わたしは密告電話なんかかけてませんよ」

「本当だね？」

「ええ」

「人権派弁護士は、内部告発だろうと言ってるんだ」

「そうなのかもしれないな。他人の自転車を秋月が無断借用しただけで逮捕《パク》るのは、あまりにも姑息ですからね。別件逮捕の真の狙いが見え見えでしょ？　まともな刑事《デカ》なら、そんな汚いやり方で点数稼ぎたいとは思わないはずです。本庁《ホンブ》の連中は功を急ぎすぎですよ」

「やっぱり、そっちが国村弁護士にご注進《ちゅうしん》に及んだんだな。そうなんだろ？」

「課長、自分の部下を疑うんですか？」

「きみのほかに思い当たる人物がいないんだ」

「だからといって、証拠もないのに、こっちを密告者呼ばわりするのは問題だな」

「きみが弁護士に電話をしてないんだったら、わたしは謝るよ。とにかく、本庁《ホンブ》の人たちを窮地に追い込むのはまずいんだ。そういう事態になったら、署長はヒステリー女みたいに喚いて、副署長やわたしに八つ当たりするからね」

「そんな理不尽な目に遭《あ》ったら、尻《けつ》を捲《まく》ればいいんですよ。署長はわがままで気分屋ですが、別に人事権まで握ってるわけじゃない」

「そうなんだが、署長の評定が次の人事異動の参考になってることは否定できないからね。川辺副署長にしろ、わたしにしろ、もう若くない。だから、左遷《させん》だけは避けたいと思ってるんだ」

梅宮が言った。

「ポストにしがみつきたい一心で絶えず署長の顔色をうかがってる毎日は虚《むな》しいでしょ？」

「自分が情《なさ》けないと思うときもあるさ。しかしね、家族にはやはり尊敬されたいんだよ。そのためには、ある程度の役職に就《つ》いていなければならない」

「それで、人生、愉しいのかな？」

「きみは、わたしを馬鹿にしてるのかっ」

「別に馬鹿になんかしてませんよ。しかし、なんか哀《あわ》れには見えるな」

「不破！　上司に偉そうなことを言えるのかっ。名刑事を気取るんじゃない。一度でも警視総監賞を貰《もら》ったことがあるのか？」

「その気になれば、貰えたでしょうね。しかし、所轄のわれわれが本庁の連中より手柄を立てたら、署長だけじゃなく、副署長も梅宮課長も焦《あせ》るでしょ？　あなた方は桜田門の捜一のメンバーに花を持たせたいと考えてるからな。それじゃ、所轄署刑事の士気は上がりませんよ」

「われわれは別段、捜一の連中に肩入れしてるわけじゃない」

「ふだん言ってることと矛盾《むじゅん》してるでしょうが！」

「そ、それは……」

「もうやめましょう。こんなことで言い争っても仕方がない。わたしは国村弁護士に電話なんかしてませんが、秋月の別件逮捕はすべきじゃなかったと思ってます」

「やっぱり、きみが内部告発者っぽいな」

「まだそんなことを言ってるんですか。それより、署長は秋月をどうするつもりなんです？」

不破は問いかけた。

「人権派弁護士は秋月をすぐさま釈放しなければ、今夜にもマスコミ各社に不当捜査のことをファックス送信すると息巻いてるから、多分……」

「秋月を釈放することになりそうなんですね？」

「ああ、そうなるだろうな。本庁の所警部は面目《めんもく》を潰《つぶ》されたことになるから、密告者捜しをすることになりそうだ。くどいようだが、きみは絶対に国村弁護士に電話をしてないね？」

「同じことを何度も言わせないでほしいな」

「わかった。不破の言葉を信じることにしよう」

梅宮刑事課長が言って、捜査本部から消えた。

不破は緑茶を飲み干し、セブンスターに火を点《つ》けた。一服してから、二階に降りる。

取調室1の横には、織部署長と国村弁護士が立っていた。取調室1のドアは開け放たれている。

ほどなく秋月が姿を見せた。その後から、本庁の所と相沢が現われた。署の岩松係長も出てきた。

「先生、ありがとうございました」

秋月が国村弁護士に礼を述べた。

「ひどい目に遭ったね。自転車の件では書類送検されるだろうが、不当捜査については署長に強く抗議しといたから」

「本当に助かりました。別件逮捕のことは、どなたから聞かれたんす？」

「事務所に密告電話がかかってきたんだよ。多分、捜査関係者が見るに見かねて、内部告発してくれたんだろうね」

国村が秋月に答え、所警部を非難しはじめた。所はうなだれ、黙り込んでいる。相沢と岩松もうつむいたままだった。

「国村先生、勇み足を踏んだ者たちにはよく言い聞かせますので、どうかマスコミには内分に……」

織部署長が揉み手で言った。

国村が小さくうなずき、秋月の肩に腕を回した。二人は歩み去った。

「所警部、きょうのことは本庁の刑事局長はもちろんだが、捜査一課長や神尾管理官にもオフレコだよ」

署長が言った。

「ええ、わかってます。余計な報告をしたら、わたしも減点されることになりますんで、内緒にしておきます」

「頼みます。正義の使者を気取った国村が警察官僚《キャリア》の誰かに抗議したら、わたしも出世の途《みち》を閉ざされてしまう。所警部、あまり功を急がないでほしいな」

「わかりました」

「それにしても、内部に密告者がいたんだろうから、ショックだ」

「そうですね」

所警部が言いながら、不破に鋭い目を向けてきた。

「わたしを疑ってるようだが、密告なんかしてない。妙な身内意識は持ってないが、こっそり誰かを陥れるようなことはしないよ」

「そうですか」

「秋月はシロだろうから、地取《じど》りと鑑取《かんど》りをゼロから……」

「不破さんの指図は受けない」

「失礼なことを言っちゃったようだな」

不破は体を反転させ、歩きだした。背中に棘々《とげとげ》しい視線が突き刺さっていた。

一階ロビーに下《くだ》ると、前方から毎朝日報の早見まりえがやってきた。たたずむなり、マドンナ記者が口を開いた。

「別件で秋月辰典を連行したそうですね？」

「そうなのかい？」

「とぼけても無駄ですよ。捜査本部が窃盗容疑で逮捕令状を取ったことは、確認済みなんですから。それに『目黒ハイム』の一〇四号室の借り主にも会って、秋月に自転車を勝手に使われたって話を聞きました。えーと、それから血塗れの金属バットが『目黒ハイム』の近くの建築資材置き場で見つかったこともね」

「えっ、本当かい⁉」

「大根ですね。そんなオーバーな驚き方をしたら、バレバレですよ。凶器のことはまだマスコミには伏せられてますけど、うちの社が独自取材で聞き込んだんです」

「鑑識の室戸《むろと》あたりがきみにリークしたんだな。あいつは、きみの大ファンだからね」

「情報提供者は警察関係者ではありません。ニュースソースは明らかにできませんけど、それで凶器のことを知ったんですよ」

「そうなのか」

「で、凶器から秋月の指紋が検出されたんですね。それだから、別件で逮捕したんでしょ？」

「秋月はシロだよ」

「それじゃ、捜査本部は勇み足を踏んだことになるんですね？」

「秋月はもう釈放された。立場上、それしか言えないな」

「見込み捜査だったのか。そうなんでしょ？」

「その質問にはノーコメントだ」

「秋月は完全にシロなんですか？」

「こっちは、そう思ってる。しかし、本庁《ホンブ》の連中は灰色と読んでるんじゃないのかな」

「真崎さんは？」

「まだ張り込み先から戻ってないよ。その張り込み場所は言えないな」

「被害者の愛人宅なんでしょ？　仁科梨絵が但島の世話になってたことはわかってるんです」

「優秀だね」

「仁科梨絵を疑ってるんでしょ、不破さんや真崎さんは？」

「さ、どうかな。署長にウインクでもすれば、何か情報を流してくれるかもしれないぜ」

「わたし、女の武器なんか使ったりしません」

「これは失礼いたしました」

不破はおどけて、じきに署を出た。八時を回っていた。捜査車輌のスカイラインに乗り込み、広尾に向かう。

輸入雑貨店『イノセント』を探し当てたのは、二十数分後だった。

店は外苑西《がいえんにし》通りに面していた。地下鉄広尾駅から二百メートルも離れていない。

雑居ビルの一階にあった。店の造りは洒落《しゃれ》ていた。まだ営業中だった。

不破は捜査車輛を順心女子学園の横に駐《と》め、店まで歩いた。店内に入ると、
三十七、八歳の男がにこやかに迎えてくれた。オーナーの諏訪充利だろう。
「どういった物をお探しでしょう？」

「チェコのガラス花器で何かないかと思ってね」

「あいにくチェコ製の物は切らしてるんですが、ハンガリーの陶製花器はいかがでしょう？」

「ガラス工芸品を集めてるんだ」

不破は、もっともらしく言った。

「ガラス工芸品は、ボヘミアン・グラスしか置いてないんですよ」

「そう。ちょっと別の商品を見せてもらってもいいかな？」

「どうぞごゆっくり！」

「オーナーの方？」

「ええ、そうです。諏訪と申します」

「いまは円高で輸入品は安く仕入れられるから、儲《もう》かってるでしょ？」

「それが世界的な不況の煽《あお》りで、消費者マインドが冷え込んでるようなんですよ。去年の十月ごろから客足が遠のいて、青息吐息《あおいきといき》ですね」

店主がぼやいた。

不破は励まし、店内を回りはじめた。ヨーロッパの置き物が多かった。妻に何か手頃な品をプレゼントする気になったとき、柄の悪い二人組が入ってきた。どちらも二十七、八歳の男だった。

「諏訪さん、今月分の集金に来たんですよ。きょうこそ払ってもらわなきゃね」

片方の男が大声でオーナーに言った。

「まだ営業中なんで、出直していただきたいな。あちらの方は、お客さまなんですよ」

「貸した金をきちんと振り込んでくれてたら、営業中に集金に来たりしませんって。今月分の十八万二千円、早く出してくださいよ」

「明日まで待ってくれませんか。今月も売上が伸びなくてね。それに子供の養育費も払わなきゃならないんで、いまは手許《てもと》にあまり現金がないんだ」

「それならば、『グロリアエステート』の女社長から少し金を回してもらいなさいよ。彼女の亭主は誰かに殺されたんだから、女社長には金が入るんでしょ？」

「そんな話はしないでください。お客さまがいらっしゃるんですから」

「諏訪さん、甘えるのもいい加減にしてくれねえかな。消費者金融だって、経営が苦しいんだよ。金利を含めて五百万もありゃ、負債は消えるじゃないの？『グロリアエステート』の女社長は本気で諏訪さんに惚《ほ》れてるみたいだから、そのぐらいの金は回してくれるでしょうが」

もうひとりの男が言った。

「玲子さんは年上だが、彼女に甘えたくないんだ。わたしは男だからね」

「おたくはどうかしてるよ。美人妻とひとり娘を棄ててまで、かなり年上の人妻とつき合ってるんだからさ。女社長のどこがいいのかね？」

「とにかく、きょうは引き取ってください。明日の夕方には必ず今月分のお金は払いますから」

「おれたちはガキの使いじゃないんだ。半分でも払ってもらわねえとな」

「半分には足りないけど、五万円だけ払おう」

店主の諏訪がレジスターに歩み寄り、五枚の万札を抓《つま》み出した。乱暴な口を利いた男が五万円を引ったくり、預り証を手渡した。

二人の男は肩をそびやかし、『イノセント』から出ていった。

「見苦しいところを見せてしまって、すみませんでした。何か気に入った物がございましたか？」

「これを貰います」

不破は棚から、ウクライナ製の木彫りのオルゴールを摑み上げた。価格は一万二千円だった。

「メロディーをお聴きになられました？　哀愁を帯びたウクライナ民謡なんですよ」

「木彫りに素朴な味わいがあったんで、それに決めたんです」

「オルゴールの音《ね》を試聴しなくてもよろしいんですか？」

「ええ」

「それでは、すぐにお包みします」

店主がオルゴールを受け取り、レジの脇の台に向かった。不破は少し間《ま》を取ってから、諏訪に歩み寄った。

「実はわたし、大崎署の刑事課の者なんですよ」

「えっ」

「不破という者です。あなたは、但島玲子さんと親しくされてますよね？」

「は、はい」

「彼女の旦那が殺害されたことは当然、知ってますでしょ？」

「ええ」

「未亡人はきょうが夫の通夜だというのに、白金台セレモニーホールの近くのティー&レストランで諏訪さんと会った。玲子さんは夫が死んでも、さほど悲しんでるようには見えなかった。もしかしたら、彼女は旦那の死を望んでたのかもしれないな」

「そんなことはないと思いますが……」

「但島さんに仁科梨絵という愛人がいたことはご存じなんでしょ？」

「その話は玲子さんから聞いてました。わたし自身は、その女性の顔も知りませんけどね」

「玲子さんは夫の背信行為を知って、あなたにのめり込んだ。そして、あなたも彼女をかけがえのない女性と思ってたら、但島の存在が邪魔になってくるわけだ」

「わたしたち二人が共謀して、玲子さんのご主人を始末したと疑ってるんですか⁉」

「その可能性はゼロとは言えないでしょう？」

「彼女もわたしも、事件には無関係ですよ。玲子さんは夫が思いがけない形で亡《な》くなったことを心の底では喜んでいるのかもしれませんが、但島さんを殺すなんてことは考えられません」

諏訪が言った。

「夫人が自分の手で但島社長を殺したとは思ってませんよ。手口から、男の犯行だとわかってますから」

「わたしが玲子さんに唆《そそのか》されて、彼女の旦那を殺害したとでもおっしゃりたいんですか⁉」

「どうなんです？」

「わたしは玲子さんとは真剣な気持ちで交際してますが、それなりの分別はあります。それから、アリバイもあるんですよ。但島さんが殺された夜は、高輪のホテルで開かれた大学の同窓会に出席してました。証人なら、五人でも十人でもいます」

「ホテル名とパーティーの開始時刻を教えてください」

不破は懐から手帳を取り出した。諏訪が質問に答える。不破はメモを執った。

「必ずわたしのアリバイを調べてくださいね。人殺しと疑われたままでは不愉快ですんで」

店主がオルゴールの包装箱を差し出した。

不破は支払いを済ませ、『イノセント』を出た。店の真ん前に黒塗りのクラウンが見える。毎朝日報の社旗が立っていた。どうやら美人記者に尾行されていたようだ。

クラウンの後部坐席から、早見まりえが降りてきた。不破はマドンナ記者に近づいた。

「おれの車を追尾《ついび》してきたんだな？」

「ええ、そうです」

「ちっとも悪びれないんだな」

「図太くなければ、新聞記者は務《つと》まりませんから。『イノセント』の経営者の諏訪充利氏は、殺害された但島社長の奥さんの不倫相手なんですよね？」

「それは知らなかったな。女房に頼まれた外国製のオルゴールを買いに来ただけなんだ」

「うふふ。男の人って、幾《いく》つになっても嘘が下手ですね。そこがかわいいとこですけど。で、心証はどうでした？　諏訪氏が玲子さんに頼まれて、『スタッフプール』の社長を殺害した気配は？」

「店主が未亡人の浮気相手だってことも知らなかったんだから、そんなことはわかりっこないよ。お寝《やす》み！」

不破は手をひらひらさせ、足早に覆面パトカーに向かった。

まだ若いが、まりえは侮《あなど》れない相手だ。不破はそう思いながら、歩きつづけた。

# 第三章　根深い確執《かくしつ》

## 1

デザートのマンゴーを平らげた。

不破は、口許《くちもと》をペーパーナプキンで拭《ぬぐ》った。

自宅マンションのダイニングキッチンである。

朝食を摂《と》り終えたところだ。広尾の『イノセント』を訪ねた翌朝である。あと数分で、九時になる。

所轄署に捜査本部が設置されても、すべての刑事が署の武道場や仮眠室に泊まり込むわけではない。二十三区に自宅がある妻帯者の多くは毎日、自宅に戻っている。独身者は、ほとんど署に泊まり込む。

不破は妻の和恵《かずえ》と向かい合っていた。息子と娘は少し前に登校して、夫婦二人きりだった。

「いったいどういう風の吹き回し？」

和恵が唐突《とうとつ》に訊《き》いた。

「え？」

「ウクライナ製のオルゴールのことよ。浮気しちゃったんで、その罪滅《ほろ》ぼしかしら？」

「何を言ってるんだ。浮気するほどの甲斐性《かいしょう》なんかないよ。昔から、ずっと薄給だからな」

「相手がお金持ちの未亡人だったら、小遣いが少なくても浮気はできるんじゃない？」

「そんな相手がどこにいる？　いるんだったら、おれに紹介してくれ。オルゴールを買ったのは、ただの気まぐれさ」

「あっ、わかった！　お詫《わ》びなんじゃない？」

「お詫び？」

「そう。ほら、しばらくナッシングでしょ？」

「何がないんだ？」

「もう鈍いんだから。女のわたしに恥をかかせないでよ」

「ああ、セックスレスってことか。そんなんじゃない。聞き込み先で衝動買いしたんだよ。別段、意味なんかないさ」

不破はセブンスターをくわえた。

「そうなの」

「プレゼント、気に入らなかったのか？」

「ううん、そんなことないわよ。とっても嬉しかったわ。荒削《あらけず》りだけど、彫《ほ》った方の温《ぬく》もりが伝わってくるようだし、哀愁に満《み》ちた旋律もいいしね」

「それはよかった」

「今度は三カラットのダイヤの指輪を贈って」

「おれに泥棒になれってか？　ひでえ女房だな」

「もちろん、冗談よ。それはそうと、きのう、マンションの非常階段の下で若い路上生活者《ホームレス》が寝てたんで、ちょっとした騒ぎになったの。その彼、去年の暮れに愛知の自動車部品工場を雇い止めになって、寮から追い出されたんだって。まだ二十八らしいんだけどね。上京して寮付きの職を探したみたいなんだけど、結局、働き口が見つからなかったそうなの」

「所持金を遣《つか》い果たして、ホームレスになったわけか。気の毒にな」

「そうね。百年に一度の金融不況なんだから、大企業の役員や正社員は自分たちの賃金をカットしてでも、非正規従業員たちを守ってあげるべきなんじゃない？」

「そうなんだが、民間企業がワークシェアリングするだけじゃ、雇用不安は消えないよ。国が税金の無駄遣いや官僚の天下《あまくだ》りをやめさせて、失業者を救済すべきだね」

「国会議員たちは庶民の暮らしの厳しさを実感してないから、社会的弱者に冷たいんでしょうね」

「そうなんだろう」

「そういえば、今度の事件の被害者は人材派遣会社の社長だったわよね？」

「ああ」

「求人企業の言いなりになって、派遣労働者たちをいじめてたんじゃない？　立場の弱い人たちを喰《く》い物にしてたら、そりゃ、恨《うら》まれるわよ。犯人は、五反田の人材派遣会社に登録してた若い人なんじゃない？」

妻が言った。

不破は唸《うな》ったきりで、肯定も否定もしなかった。実際、まだ加害者の顔が透《す》けてこない。

不破は短くなった煙草《たばこ》の火を消し、ダイニングテーブルを離れた。洗面所に行き、髭《ひげ》を剃《そ》る。歯磨きもした。

夫婦の部屋で着替えをしていると、織部署長から電話がかかってきた。

「きのう、秋月を別件逮捕すべきだと主張したのは不破警部補だったんだってね？」

「いいえ、違います」

「本庁《ホンブ》の所警部と相沢君、それから大崎署《うち》の梅宮課長がそう言ってるんだよ。別件逮捕はまずいな。秋月が真犯人《ホンボシ》だという確証があったわけじゃなかったんだからさ」

「署長、逆ですよ。こっちは秋月を窃盗容疑で引っ張ることはまったく知らなかったんです相棒の相沢刑事から令状《オフダ》を取ったと聞かされて、びっくりしたんです。そよ。それで所警部には、別件で秋月を何日も勾留《こうりゅう》すべきではないとも言ったんです」

「わたしが聞いた話は、まるで反対だったね。不破警部補に押し切られて、本庁の者たちは渋々、裁判所に秋月の逮捕令状を請求したってことだったぞ」

「昨夜《ゆうべ》、国村弁護士が署に乗り込んできたんで、所さんたち本庁《ホンブ》の連中は責任逃《のが》れをする気になったんでしょう。汚いな」

「国村が別件逮捕のことを公《おおやけ》にしたときは、そちらが泥を被《かぶ》ってくれるね？」

「そんなことはできません。事実は逆で、わたしは秋月を別件逮捕すべきだなんて所さんたちに一言も言ってないんですから」

「しかし、所警部たち三人が口を揃えてるわけだから、彼らの言い分を否定するのも
……」

「署長がそうおっしゃるなら、もう何も言いません」

「きのう、国村弁護士によく頼んでおいたから、別件逮捕の件は表沙汰にはしないと思う。それはそうと、本庁《ホンブ》の者たちと張り合うのは何かと損だよ。彼らに花を持たせてあげたほうがメリットがある」

「捜一の連中の指示に黙って従ってればいいってことですか」

「うん、まあ。彼らは殺人捜査のエキスパートだという自負を持ってるんだ。所轄の刑事に大きな手柄を立てられたら、面目丸潰《めんもくまるつぶ》れだよね？」

「ま、そうでしょう。しかし、所轄者の強行犯《きょうこうはん》係だって、殺人事件の捜査を手がけてきたわけです。素人《しろうと》ってわけではありません」

不破は言い返した。

「そうなんだが、扱う件数が違うじゃないか。それに本庁の捜査員というプライドだってあるはずだよ」

「でしょうね」

「だからさ、彼らに点数を稼がせないと、関係がぎくしゃくとしちゃうでしょ？」

「それだからといって、所轄署の刑事が本庁の捜査員に遠慮しろというのは少し乱暴な考えだな。われわれだって、同じ猟犬なんです。犯罪の臭《にお》いを嗅《か》いだら、自然に体と頭が反応する。それが刑事《デカ》の習性ってもんです」

「その通りなんだが、警察はヒエラルキー社会でしょ？　職階、階層を無視できないわけだから、組織の不文律《ふぶんりつ》を無視したら、弾《はじ》き出されることになる。どっちが手柄を立てるかなんてことは、それほど重要じゃない。要は、捜査本部が事件を落着させればいいんですよ」

「署長は、現場捜査に携《たずさ》わってる者たちの気持ちがわかってないな。刑事魂を持ってるんですよ、田舎侍だってね。刑事は誰も、自分の手で犯人《ホシ》を追いつめて手錠《ワッパ》を打ちたいと考えてるんです。本庁《ホンブ》の連中に気兼ねばかりしてたら、所轄の刑事《デカ》はそのうち腰抜けばかりになってしまう。それじゃ、情《なさ》けないでしょうが！　その前に社会の治安を守れなくなる。警察嫌いの市民たちに〝税金泥棒〟と罵《ののし》られるでしょう」

「そんなに力《りき》むことじゃないと思うがね。とにかく、本庁の捜査員を刺激するようなことは慎《つつし》んでもらいたいんだよ。彼らに言われたことをこなしてくれればいいんだ。それで、事は丸く収まるんだからね。わたしが頼んだことは署長命令と受け取ってもらってもいい」

「命令に背《そむ》いたら、どうなるんでしょう？」

「それなりのペナルティーを科すことになるだろうね。われわれは同じ署にいるんだ。家族みたいなものじゃないか。不破警部補、チームの和を乱さないでよ」

織部が電話を切った。

不破は低く毒づいて、終了キーを押し込んだ。ネクタイを締め、上着の袖《そで》に腕を通す。ウールコートを小脇に抱え、八畳の和室から居間に移った。

「電話、誰からだったの？」

和恵が訊いた。

「署長からだよ。準キャリは所詮《しょせん》、行政官だな。現場捜査員のことなんか、まるでわかっちゃいない。ぶん殴ってやりたいよ」

「署長に暴力を振るったら、職場にはいられなくなるんでしょうね。職場で厭《いや》なことがあっても、子供たちが大学を出るまでは短気を起こさないで。子育てが終わったら、署長でも警視総監でも殴り倒してもいいから。懲戒免職になったら、わたしがパートの仕事を掛け持ちして、あなたを養《やしな》ってあげるわ」

「その気持ちだけ貰《もら》っておくよ」

不破は妻に笑いかけ、玄関ホールに向かった。自宅マンションを後《あと》にして、最寄《もよ》りの地下鉄駅に急ぐ。

職場に着いたのは二十数分後だった。

捜査本部に顔を出すと、真崎が大股で歩み寄ってきた。

「諏訪の店に行かれました？」

「コーヒーを飲みに行こう」

不破は部下を誘った。二人は署の近くにあるコーヒーショップに入った。店内に署員の姿は見当たらない。

二人は奥のボックス席に向かい合い、アメリカンコーヒーを頼んだ。コーヒーが運ばれてきてから、不破は前夜の単独捜査の結果を語った。

「事件当夜、諏訪充利は大学の同窓会に出席してたんですか。それなら、但島殺しの加害者ではなさそうですね」

「実行犯でないことは間違いないだろうな。しかし、諏訪が玲子に頼まれて、実行犯を見つけてやった可能性もある」

「そうですね。アリバイの裏付《ウラ》けを取ったら、もう少し諏訪をマークしたほうがよさそうだな」

「そうしたほうがいいだろう。そうそう、諏訪の店を出たら、毎朝日報の車が停まってたんだよ。広尾に出かける前に署の一階ロビーでマドンナ記者と出くわしたから、彼女に尾《つ》けられてたことは間違いない」

「彼女、油断がなりませんね」

「そのうち特種《とくだね》を摑《つか》めるかもしれないな。もちろん、早見記者に情報《ネタ》なんか提供しなかったよ」

「当然です。彼女は、ぼくらのライバルですからね。アイドル視されてるからって、やに下がってたら、とんでもないことになります」

「自戒の言葉だな」

「違いますよ。ぼくは女に甘いことを言われたって、職務に関する話は絶対に洩《も》らしたりしません」

「ま、いいさ」

「早見さんのことより、きのう、秋月を別件逮捕した件で、人権派の国村弁護士が見込み捜査だと捩込《ねじこ》んできたんだとか？」

「声がでかいよ」

「すみません」

真崎がぺこりと頭を下げた。不破は、人権派弁護士に告げ口をした理由を語った。

「確かに別件逮捕は、フェアじゃありませんよね。所警部たち本庁の人間は、秋月が但島社長を殺《や》ったと思ってるんでしょう。それだから、他人《ひと》の自転車を無断で乗った秋月を窃盗容疑でしょっ引いたにちがいありません」

「それは間違いないだろう」

「凶器の金属バットが秋月の自宅アパートの近くの建築資材置き場で見つかったのは、いかにも作為的《さくいてき》ですよね？　真犯人が秋月に殺人の罪を被せようとしたとしか考えられないな」

「おそらく、そうなんだろう。しかし、そいつが透けてこないんだよな」

「そうですね」

「今朝《けさ》、署長から電話があって、桜田門の連中に手柄を立てさせろとストレートに釘をさされたよ」

「えっ、そうなんですか⁉」

真崎は驚きを隠さなかった。不破は、署長と交わした会話を詳しく喋《しゃべ》った。

「うちの署長は、ぼくら所轄署刑事の誇りや意地なんか推《お》し量《はか》る気もないようですね。自分がキャリアの主流派に疎《うと》まれないよう心を砕《くだ》いてるだけなんでしょう。署長がそんな具合では、現場捜査員のモチベーションは上がりっこない」

「その通りだな」

「本庁の連中も、やり方が汚いですね。所警部と相沢さんは、不破さんが秋月を別件逮捕したがったと言ってるんですって？」

「署長はそう言ってた。確認はしてないが、その通りなんだろう」

「所警部は都合の悪いことは不破さんのミスにしといて、自分らで点数を稼ぐ肚《はら》なんだな。向こうが反則技を使う気なら、ぼくらも彼らをとことん欺《あざむ》きましょう。こうなったら、ルールなしの戦闘《バトル》ですよ。桜田門の連中を騙《だま》して、先に加害者を取っ捕《つか》まえましょう」

「一丁、やるか」

「ええ、やりましょう。あっ、敵はもう戦闘開始したんだな」

「真崎、どういうことなんだ？」

「仮眠室から捜査本部に行ったら、所警部に北浦さんは亡父の法事があるから、きょうは休みを取ったと言われたんですよ。それで、ぼくひとりで『スタッフプール』のライバル会社の人材派遣会社の動きを探《さぐ》ってくれと言われたんです」

「確か北浦刑事の父親は、彼が中学のときに交通事故死してるはずだよ。三十三回忌《き》の法要には早すぎるな。多分、所警部の指示で北浦は単独で聞き込みに回るつもりなんだろう」

「ええ、そうなんでしょうね。彼らは所轄のぼくらを出し抜くつもりなんですよ」

「そうなんだろう。真崎に人材派遣会社を回らせる気になったってことは、同業者が事件に関与してる可能性はないと判断したんだろうな」

「多分、そうなんでしょう」

「本庁の連中はまだ秋月を疑ってると思うんだが、未亡人の玲子を怪しみはじめたんじゃないかな？　彼女は旦那が殺されても、あまり悲しんでない様子だったから」

「そうですね。北浦さんは休みを取った振りをして、きょうも単独で白金台セレモニーホールに貼りつくつもりなんだな」

「そうなんだろう。そして、所警部は黒岩・小池コンビに仁科梨絵の動きを探らせる気なんだろうな。梨絵はパトロンの但島が細君との離婚に手間取ってたことで失望してた。それで、二人の関係がうまくいかなくなってたとも考えられるから」

「梨絵が待ち切れなくなって、但島に手切れ金をくれれば、自分が身を退《ひ》くとでも言い出したのかもしれません。しかし、パトロンのほうは梨絵と別れたくなくて、手切れ金なんか払う気はないと言った。そんなことで、愛人は誰かにパトロンの但島を片づけてもらった。そんなふうに推測もできますよね？」

真崎が言って、コーヒーをブラックで啜《すす》った。

「そうだな。こっちは、差し当たって諏訪のアリバイを調べてみるよ。相棒の相沢刑事の目を盗んでな」

「相沢さんに勘づかれないようにしてくださいね」

「心得てるって」

不破は短い返事をして、煙草に火を点《つ》けた。セブンスターを吹かしながら、コーヒーを飲む。

コーヒーカップが空になったとき、不破の懐《ふところ》で携帯電話が着信音を発した。モバイルフォンを摑み出し、ディスプレイを見る。

発信者は上司の岩松係長だった。不破は携帯電話を耳に当てた。

「係長、何か大きな動きがあったんですか？」

「そうじゃないんだ。いま本庁の相沢さんから電話があってね、頭が割れそうに痛むらしいんだ。持病の偏頭痛《へんずつう》がひどいんで、きょう一日休ませてほしいと言ってきたんだよ」

「そういうことなら、わたしは独歩行《どっぽこう》でもかまいません」

「単独では、何かと不便なんじゃないの？　所警部に頼んで、黒岩さんか小池さんのどちらかと一日だけペアを組ませてもいいけどね。どうする？」

「黒岩・小池班は、もう段取りをつけてるでしょう。別にわたしは独りでもいいですよ」

「それじゃ、そういうことで頼みます」

岩松係長が通話を切り上げた。

不破は、部下に相沢刑事が偏頭痛に見舞われたことを話した。真崎がにやついた。

「まず仮病《けびょう》でしょうね」

「こっちも、そう直感したよ。北浦と相沢は休みを取ったことにして、二人でわれわれよりも先に手がかりを摑みたいんだろう」

「それなら、ぼくらも非公式のコンビを組んじゃいましょうよ。レンタカーを使えば、二人で聞き込みに回っても、バレないと思います」

「そうするか。いったん署に戻ったら、別々に出よう。それでJR五反田駅の改札前で合流して、レンタカーを調達するか」

「わかりました」

「それじゃ、先に捜査本部に戻ってくれ。コーヒー代は、おれが払うよ」

不破は言った。

真崎が立ち上がった。不破はセブンスターをパッケージから一本抓《つま》み出して、ライターを手に取った。

2

大盛りのビーフカレーを食べはじめる。

ＪＲ飯田橋駅のそばにあるカレーショップだ。不破は部下の真崎とカウンターに並んで、スプーンを使っていた。

午後一時半過ぎである。客は疎《まば》らだった。ランチタイムを過ぎたせいだろう。

午前中の聞き込みはハードだった。不破たちはレンタカーのプリウスで、諏訪が卒業した東都《とうと》大学経済学部の事務室を訪れた。但島が殺害された夜、確かにシティホテルで同大の同窓会が開かれていた。

不破たちは諏訪が同窓会に出席したことを確認してから、彼のゼミ仲間四人と会った。四人とも東証一部上場《じょうじょう》企業の社員だった。彼らの証言で、諏訪のアリバイは成立した。

ゼミ仲間の話によると、諏訪にアウトローの知り合いがいる可能性はないということだった。また、ネットの裏サイトを利用して、殺し屋と接触したとも考えられないという。

諏訪は大学生のころ、若いやくざに絡《から》まれて、叩きのめされたことがあったらしい。それ以来、柄の悪い男たちを見ただけで、慌《あわ》てて遠ざかっていたそうだ。それほどの小心者が裏社会の人間に但島殺しを依頼したとは考えにくい。

「諏訪充利はシロでしょうね」

真崎がコップの水を飲んでから、低く言った。

「そう考えてもいいだろう」

「ただ、諏訪の店があまり繁昌《はんじょう》してなくて、消費者金融から運転資金を借りてたことが気になりますね。不倫相手の玲子から但島を亡《な》き者にして再婚しないかと持ちかけられてたとしたら、諏訪は実行犯を見つける気になるかもしれないでしょ？」

「いや、それはないだろう。諏訪は荒っぽい奴らと接触することさえ避《さ》けたいと思ってるようだから、殺し屋捜しなんかできないはずだ。その相手が但島を始末したら、諏訪は一生、弱みを握られたことになるからな」

「そうか。そう考えると、やっぱり諏訪はシロなんだろうな。不破さん、未亡人の玲子が自分で夫を殺してくれる人物を見つけたとは考えられませんかね？　旦那が死ねば、いずれ玲子は諏訪と再婚できるわけでしょ？」

「ま、そうだな」

「未亡人は『グロリアエステート』の収益をそっくり旦那に渡してたんではなく、何割かを抜いて、せっせと貯《たくわ》えてたんじゃないのかな。そうだとしたら、殺しの報酬は玲子自身が払えるわけでしょ？」

「そうだが、四十代の人妻がそこまで考えるかな。確かに亭主がこの世から消えれば、諏訪に自由に会えるようになる。しかし、不倫関係にある男女は危険を孕《はら》んだ恋愛だから、燃え上がるんじゃないのかね？」

「もしかしたら、不倫したことがあるんですか？」

「あると見栄を張りたいとこだが、不倫したことはないな。しかし、知り合いの男が何か障害があると、男女ともに熱くなるものだと言ってたんだよ。その彼は女房がいるんだが、職場の同僚女性と親密な間柄になってたんだ。実体験から出た言葉だったんだろう」

「その知り合いの方が言った通りなら、玲子は人妻でいるほうが燃えるわけか。相手の諏訪にしても、そうなるんだろうな」

「ああ、多分ね。だから、未亡人も諏訪もシロだと思いはじめてるんだよ」

「そうなると、被害者の愛人が気になってきますね。仁科梨絵はパトロンと別れる気になって、まとまった手切金を要求したんだろうか。但島は梨絵の要求に応じないだけではなく、彼女の弱みをちらつかせて、ずっと縛《しば》ろうとしたのかもしれない」

「弱みって？」

「よくわかりませんが、不倫カップルはベッドでの痴態《ちたい》を動画撮影してたりするんじゃないですか？」

「そういうカップルもいるだろうな」

「梨絵が恥ずかしい映像をパトロンに握られてたとしたら、逃げるに逃げられないわけでしょ？」

「そうだな」

不破はうなずいた。

「そうだとしたら、梨絵が自由になるにはパトロンを抹殺《まっさつ》するほかないですよね？彼女、誰かに但島を殺《や》らせたんじゃないのかな？」

「真崎が見当外れの筋読《すじよ》みをしてるとは言わないが、予断は禁物だ。疑えば、派遣登録者のすべて、人材派遣の同業者、求人企業も怪しくなってくる」

「求人企業もですか？」

「ああ。殺された但島は商売がうまそうだったから、求人企業の窓口担当者を接待し、キックバックの類《たぐい》を渡してたにちがいない。そういう相手は、但島に弱みを握られたことになるよな？」

「そうですね。そのことで求人企業側は、但島に派遣従業員をもっと多く採用してくれとか日当をアップしてやってくれと要求されてたのかもしれないな」

「そういうことがあったとすれば、人事や労務担当者は頭を抱えるはずだ。といって、但島の要求を無視すれば、自分の不正が露見してしまうわけだからさ。但島の言いなりになったら、勤め先に損失を与えることになる」

「ええ、そうですね」

真崎が先にビーフカレーを食べ終え、ペーパーナプキンを抓み上げた。

「そんなことで、窓口担当者が『スタッフプール』の社長を撲殺《ぼくさつ》した疑いだって、なくはないわけだ」

「ええ」

「だからさ、あまり結論を早く出そうと考えないほうがいいんだよ」

「わかりました。ところで、この後《あと》はどうします？　人材派遣会社のライバル社を回ってみますか？」

「その前に『城南労働者ユニオン』の事務局に行ってみよう」

「あれっ、秋月はシロでしょ？」

「秋月を疑ってるわけじゃないんだ。派遣労働者たちの相談に乗ってる労働者ユニオンの職員なら、人材派遣会社に精《くわ》しいにちがいない」

「なるほどね。確か『城南労働者ユニオン』の事務局は北品川にあるはずです」

「ここを出たら、行ってみよう」

不破は皿を空にし、水で喉《のど》を潤《うるお》した。

それから間もなく、二人はカレーショップを出た。レンタカーは数十メートル離れた路上に駐《と》めてあった。不破たちはメタリックグレイのプリウスに乗り込んだ。

真崎の運転で、北品川に向かう。

目的の場所に着いたのは、およそ三十分後だった。

『城南労働者ユニオン』の事務局は北品川四丁目の外れにあった。雑居ビルの三階だった。

不破たちはレンタカーを路上に駐め、エレベーターで三階に上がった。

『城南労働者ユニオン』の事務局には、初老の男と三十代半《なか》ばの女性職員の二人しかいなかった。

初老の男が書記長の水野誠《みずのまこと》だった。額が大きく後退している。口髭はだいぶ白い。

不破は刑事であることを明かし、但島殺しの捜査に携わっていると水野に告げた。

「ま、お掛けください」

水野が古ぼけたソファセットに不破たちを導いた。二人は長椅子に並んで坐《すわ》った。

水野が不破の前に腰かける。

「『スタッフプール』の社長は、あこぎな商売をしてたからな。もう刑事さんたちはご存じでしょうが、但島社長は派遣先から支払われる日給を二、三割抜いてたんですよ。登録者はその上、紹介手数料を差っ引かれてたんですから、平均の手取り日給は六千円そこそこにしかならない」

「予《あらかじ》め但島が派遣労働者たちの日給の二、三割を横奪《ど》りしてたという話は事実なんですか？」

　不破は書記長に確かめた。

「ええ、それは間違いありません。『スタッフプール』の経理課長は、但島社長があまりにも汚いビジネスをしてるんで、求人企業との契約書の写しをここに持ち込んでくれたんですよ。裏帳簿のコピーも提供してくれました」

「その方のお名前は？」

「菊地恒夫《きくちつねお》という方です。年齢は五十八です。菊地さんは若い派遣登録者がいいように喰い物にされてることに義憤を感じられて、内部告発してくれたわけです」

「そうですか」

「それで、わたしどもは弁護士の国村先生に搾取《さくしゅ》の実態を伝えて、『スタッフプール』の但島社長に善処する気がないなら、横領で告訴も辞さないという勧告をしてもらったんですよ」

「それで、但島は派遣労働者に抜き取った差額分を渡したんですか？」

「渡しました。国村先生は人権派弁護士として知られてますんで、但島は震え上がったんでしょう。しかし、菊地経理課長は求人企業との契約書の写しをすべて会社から持ち出したわけではありませんでした。十数通だったんですよ」

「ということは、差額分をちゃんと払ってもらえた派遣労働者はごく一部なんですね？」

「そういうことになります」

水野が言葉を切って、上体をソファの背凭《せもた》れに密着させた。女性職員が三人分の日本茶を運んできたからだ。

「お構いなく！」

不破は女性職員に声をかけた。相手が小さく笑って、自席に戻った。

「粗茶ですが、どうぞ！　国村先生は但島社長に過去に求人企業と交わした雇用契約書をすべて見せろと迫ったようなんですが、それは拒まれたということでした。法的な強制権はないらしいんで、先生もそれ以上は……」

水野が言った。

「そうなんですか。そういうことなら、差額分を貰えなかった登録者は納得できないでしょうね」

「ええ、当然ですよ。それだから、秋月君は社長が撲殺される前に『スタッフプール』に乗り込んで、但島に談判したんでしょう。そのため、彼は殺人容疑をかけられてしまったわけです。秋月君が別件で身柄を拘束されてたって話、国村先生から電話でうかがいました。先生は、とても怒ってましたよ」

「そうでしょうね」

「別件逮捕のことをマスコミに流したかったんだが、秋月君が新聞記者たちに追い回されるのは気の毒だと考えて、表沙汰にするのは断念したそうです。国村先生は、社会的弱者に優しい方ですんで」

「そうみたいですね」

「警察は、まだ秋月君のことを疑ってるんですか？」

「われわれ二人はシロだと考えてます。捜査員の中には彼を灰色と見てる者もいるようですが……」

「秋月君は人殺しなんかできる青年じゃありませんよ。直情型で少し短気ですが、彼は気が優しいんです」

水野が湯呑《の》み茶碗に腕を伸ばした。

「彼のほかに但島に賃金や契約期間のことで文句を言いに行った派遣労働者はいませんでした？」

「社長に直《じか》に談判したのは秋月君だけですね。しかし、登録者の大半が悪質なピンハネには不満を洩らしてましたよ」

「そうですか。こちらに湯原将彰という派遣労働者が来たことは？」

「本人は訪ねてきたことはありませんが、その彼の話は秋月君から聞いてます。但島社長の奥さんが経営してる『グロリアエステート』に戸越銀座のアパートから追い出されたんでしょ？」

「ええ、そうです。その湯原は大型カッターナイフの切っ先を但島社長に突きつけて、夫婦で派遣労働者を喰い物にしてるって詰《なじ》ったらしいんですよ」

不破は言った。

「そういえば、そんな話を秋月君から聞いたことがあるな。それから、その彼と連絡が取れなくなったということもね」

「そうですか。あなたは、誰が但島社長を殺《や》ったんだと思われます？」

「こんなことを軽々しく言ってはいけないんでしょうが、ひょっとしたらという人物はひとりいますね」

「その方は？」

「『スタッフプール』の菊地経理課長です。菊地さんは内部告発のことを但島社長に嗅ぎ当てられて、この三月末日に解雇すると言い渡されてたんです」

「そうなんですか」

「菊地さんは晩婚だったんで、ひとり息子はまだ中三なんですよ。だから、事件の数日前の夜、会社で社長に解雇撤回《てっかい》を強く求めたらしいんです。しかし、社長はまともに取り合ってはくれなかったそうです。菊地さんは土下坐までして頼んだようですが、足蹴《あしげ》にされてしまったというんですよ」

「大の男が土下坐までして、解雇撤回を求めたのか」

「ええ。菊地さんは家族を路頭に迷わせるわけにはいかないと考え、内部告発したことを悔やんで反省してるとさえ言ったようです。それでも、但島は言《げん》を翻《ひるがえ》すことはなかったそうです」

「菊地という経理課長は屈辱的だったでしょうね」

部下の真崎が口を挟んだ。

「そりゃ、そうでしょう。だからね、わたしは菊地さんが金属バットで但島の頭部と顔面をめった打ちにしたのではないかと思ったりしたんですよ」

「検視官は、犯人は二十代から四十代の男だろうと言ってるんです。陥没《かんぼつ》傷や骨の砕け具合から判断してね」

「五十八歳といっても、憎しみが強ければ、金属バットを力一杯振り下ろすんじゃないのかな。わたしが菊地さんなら、但島を殺したくなるでしょうね。男が土下坐までしたんですよ。それ以上の屈辱はないでしょ？」

「そうですね。菊地さんは、解雇を言い渡されてからも出社してたんですか？」

「いいえ、自宅待機をさせられてたはずですよ」

「一応、菊地さんに会ってみます。水野さん、菊地さんの自宅の住所はわかります？」

不破は事務局長に訊いた。

「ええ、わかりますよ」

「それじゃ、教えてください」

「いまメモしてきます」

水野がソファから立ち上がり、自席に向かった。真崎が小声で言った。

「無駄骨を折ることになるかもしれませんが、行ってみますか」

「無駄を重ねることを厭《いと》うと、なかなか手がかりは得られないもんさ。刑事に最も必要なのは粘《ねば》りなんだよ。推理力なんかよりも、根気が大事なんだ」

「そうなんでしょうね」

「おっと、いけない！　先輩風を吹かすつもりはなかったんだが……」

不破は頭に手をやって、湯呑み茶碗を持ち上げた。釣られて真崎も緑茶を口に含んだ。

書記長が戻ってきた。

不破は礼を言って、差し出されたメモを受け取った。菊地恒夫の自宅は荒川区東《ひがし》日暮里《にっぽり》三丁目にあった。

不破たちは『城南労働者ユニオン』の事務局を辞すると、レンタカーで菊地宅をめざした。目的地に到着したのは、五十数分後だった。

菊地の自宅は、常磐線《じょうばんせん》の三河島《みかわしま》駅から数百メートル離れた場所にあった。住宅密集地だった。小住宅が軒《のき》を連《つら》ねている。

不破たちはプリウスを路地に置き、菊地宅を訪ねた。古ぼけた二階家だった。塀《へい》はなく、玄関は路地から一メートルも引っ込んでいなかった。

応対に現われたのは、菊地の妻だった。四十五、六歳で、まったく化粧っ気《け》がない。

「大崎署の者です。ご主人にお目にかかりたいんですが、いらっしゃいますか？」

不破は名乗って、問いかけた。

「お父さん、いいえ、夫は南千住野球場に行ってます。草野球チームのコーチをやってるんですよ。会社に来なくてもいいって言われてしまったんで、時間を持て余してるの」

「そうですか」

「あのう、社長が殺された件で見えられたんですよね？　まさか夫が疑われてるんじゃないんでしょ？　事件当夜、お父さんは草野球チームの仲間たちと三河島駅前の

『小糸《こいと》』って居酒屋で飲んでたはずですから、事件には無関係ですよ。嘘じゃありません」

「別にご主人を怪しんでるわけじゃありませんので、ご安心ください。野球場に行ってみます」

「場所、わかりますか？」

菊地の妻が問いかけてきた。不破はＯＫサインで応《こた》え、レンタカーに足を向けた。

すぐに部下が肩を並べる。

二人はプリウスに乗り込んだ。

南千住野球場を探し当てたのは、十数分後だった。草野球チームが試合中だった。

不破たちは野球場に入り、居合わせた人に声をかけた。

菊地恒夫は三塁側のベンチに腰かけていた。中肉中背で、地味な印象を与える。ユニフォームはあまり似合っていない。

不破たちは身分を告げ、菊地を場外に連れ出した。

「わたし、但島社長なんか殺してませんよ。事件があった晩は、野球チームのみんなと三河島駅前の呑み屋で飲んでたんですから」

「その店は『小糸《こいと》』でしょ？　奥さんも、そう言ってましたよ。あなたが内部告発をしたことで会社から解雇を言い渡されたという話を『城南労働者ユニオン』の水野書記長からうかがいました。それから、但島社長の前で土下坐して、解雇撤回を求めたこともね」

「そうですか。そうまでして頼んだのに、社長の気持ちは変わりませんでした。一瞬でしたが、殺意が宿りましたね。ですけど、わたしは女房や息子のことを考えて、すぐに思い留《とど》まったんです。わたしの言葉が信じられないなら、『小糸』の大将にアリバイを確かめてください。夕方五時には営業するはずですから」

「あなたは犯人じゃないでしょう。わたしは、そう思ってます」

「それなのに、なぜ、わたしのとこに来られたんです？」

菊地が訝《いぶか》しんだ。

「あなたなら、犯人に心当たりがあるかもしれないと思ったからですよ」

「そう言われても、別に思い当たる人物はいません」

「但島は求人企業の窓口担当者たちと癒着《ゆちゃく》してたんでしょ？　はっきり言ってしまえば、社長はリベートやキックバックの類《たぐい》を手渡して、ゴルフ接待なんかもしてたんではないですか？　場合によっては、女性も提供してたのかもしれないな」

「わたしの口からは何も言えません。社長の奥さんが『スタッフプール』の経営を引き継《つ》がれるようだったら、経理の仕事をさせてもらうつもりなんでね。この年齢だと、まず新しい仕事にはありつけないですから」

てるんです」

「家族を養うことも大事でしょうが、捜査員の一部はまだ秋月辰典を重要参考人と見
「彼は殺人なんかするわけありませんよ。秋月君は絶対に犯人じゃない」

「わたしも、そう思ってます」

「秋月君が疑われつづけたら、かわいそうだな。いいでしょう、喋っちゃいます。但島社長は半導体メーカーの光進《こうしん》精工の労務担当役員の百瀬展男《ももせのぶお》常務に毎月七、八十万の現金を渡してました。派遣工の正規の日当のピンハネ分をそっくり百瀬常務にキックバックしてたんですよ。高級クラブに連れていったり、ゴルフの接待も定期的にやってましたね」

「そうですか。但島が百瀬という常務の弱みにつけ込んで、求人数を増やせと要求したことは？」

「そのあたりのことはよくわかりませんが、殺された社長が光進精工の常務に何か強く求めた様子はうかがえました。但島社長は、先月の上旬から百瀬常務が自分を明らかに避けてるなんて言ってたんですよ」

「そういうことなら、被害者は常務の弱みにつけ入って、無理難題を吹っかけたんだろうな」

「ええ、そうなんでしょうね。それから侠友会《きょうゆうかい》の企業舎弟と噂されてる人材派遣会

社が同業四社を廃業に追い込んで、『スタッフプール』の取引先も奪いたがってた様子なんですよ」

「その会社は？」

「赤坂にオフィスを構えてる『東京ブレーンバンク』です。社長の里中圭吾《さとなかけいご》は名門私大出の経済やくざで、商社マンにしか見えないんですよ。まだ四十二なんですが、俠友会の理事のひとりなんです。但島社長は里中の面会申し入れを受け入れませんでしたが、そのことでインテリやくざを怒らせてしまったのかもしれませんね。世界的な不況で、人材派遣会社も生き残りに必死なんです。『東京ブレーンバンク』のバックは広域暴力団ですから、何か弱点のある同業者は倒産に追い込まれたり、会社を乗っ取られてしまうでしょう」

「ええ、考えられますね。その二人のほかに但島社長を撲殺したかもしれないと考えられる人物は？」

「以前、『スタッフプール』に登録してた湯原将彰という若い男は労賃の低いことで但島社長に不満を持ってたし、社長夫人の『グロリアエステート』から借りてたアパートから追い出されてるんですよ。彼は渋谷の宮益坂《みやますざか》の『ログイン』というネットカフェに住民票を置かせてもらって寮付きの仕事を探してるようですが、なかなか働き口が見つからないようです。それで、一週間前にわたしにアパートを借りる費用四十七万円を貸してほしいと電話してきたんですが、こちらも余裕がないんで……」

「金を貸すことは断ったんですね？」

不破は確かめた。

「そうです。湯原君が絶望的になって、但島社長を逆恨《さかうら》みしたなんて考えたくないいんですが、自棄《やけ》になったら、とんでもないことをしでかすかもしれないと思ったりしたんですよ」

「仕事も塒《ねぐら》もなければ、捨て鉢になってしまうかもしれないな」

「刑事さん、湯原君が社長を殺したとは思いたくありませんが、もしもってこともありますんで、ちょっと渋谷のネットカフェを覗《のぞ》いてみてもらえませんか。わたし、お金を貸してあげられなかったことで少し後《うし》ろめたさを感じてるんですよ。どうかお願いします」

菊地が野球帽を取って、頭を下げた。

「わかりました。これから、『ログイン』に行ってみましょう」

「彼が大それたことをしてなかったら、『城南労働者ユニオン』の事務局の水野さんを訪ねるよう伝えてください。あの書記長なら、なんとか救いの手を差し延べてくれるでしょうから」

「わかりました。必ず伝えます。ご協力に感謝します」

不破は菊地に言って、真崎に目配せした。

二人はレンタカーに向かって歩きだした。どちらも無言だった。

3

プリウスが道玄坂から脇道に入った。

宮益坂の中間地点だった。助手席に坐った不破は、視線を延ばした。

少し先の右側にネットカフェ『ログイン』の袖看板が見える。店は雑居ビルの二階にあった。

真崎が雑居ビルの手前で、レンタカーをガードレールに寄せる。不破たちは車を降りた。いつの間にか、陽《ひ》が翳《かげ》っていた。

二人は、老朽化が目立つ雑居ビルの階段を上がった。四階建てで、エレベーターは設置されていない。

不破たちは『ログイン』に入った。

出入口近くにカウンターがあり、狭い通路の両側にブースが並んでいた。ドア付きの小部屋だが、天井板はない。パソコンのキーボードを打つ音がかすかに洩《も》れてくる。

部下の真崎が刑事であることを告げ、若い男性従業員から湯原将彰がいるブースを聞き出した。そのブースは、シャワー室の手前にあった。

不破たちは奥に進んだ。

真崎が、従業員に教えられたブースをノックする。待つほどもなく小部屋のドアが開けられた。

現われたのは、無精髭《ぶしょうひげ》を生やした若い男だった。髪の毛には寝癖がついている。顔も煤《すす》けて見えた。長身で瘦《や》せていた。

「湯原将彰君だね？」

不破は問いかけ、警察手帳を見せた。相手が警戒心を露《あらわ》にする。

「ただの聞き込みだよ」

「そうですか」

「『スタッフプール』の但島社長が殺されたことは知ってるね？」

「ええ」

「きみは以前、但島に大型カッターナイフの刃先を突きつけたことがあるそうだね？そのことでここに来たわけじゃないから、正直に答えてほしいんだ。で、どうなのかな？」

「そのことは認めます。しかし、社長を本気で傷つける気なんかなかったんですよ。但島夫妻に喰い物にされたんで、なんか赦《ゆる》せなかったんです」

「きみは戸越銀座のアパートから『グロリアエステート』によって、追い出されたんだってな？」

「そうなんですよ。但島の奥さんはアパートの家主とつるんで、入居者の回転率を上げてるにちがいありません。一方的に契約違反だとか言って、ぼくを部屋から追い出したんです。だから、女社長の旦那を少しビビらせてやりたかったんだ。『スタッフプール』に登録してたときは、派遣先の日当を大幅にピンハネされてたんでね」

「カッターナイフを振り回しても、但島はさほど怯《おび》えなかったんだ？」

「ええ、ほとんどね。それどころか、あいつはぼくを突き倒したんですよ」

「悔しかっただろうな」

真崎が会話に割り込んだ。

「ええ、とってもね。あっ、だからといって、ぼくは但島を殺してなんかいませんよ」

「但島社長が殺害された夜、おたくはどこで何をしてた？」

「やっぱり、ぼくを疑ってるんだな。ぼくは犯人じゃありませんよ。事件のあった晩は、ずっとこのネットカフェにいましたから。店の従業員や常連客に確認してください。ちゃんとしたアリバイがあるんですから」

湯原が言った。不破は湯原の表情をうかがった。うろたえた様子は少しも見られなかった。

「焦《あせ》ってはないようだな」

真崎が呟《つぶや》いた。

「慌てなきゃならないようなことはしてませんからね。とにかく、ぼくのアリバイを調べてください。但島を殺《や》った奴に感謝したい気持ちですけど、ぼくは事件には関わってませんので」

「きみはシロだろう」

不破は部下を手で制し、先に口を開いた。

「信じてもらえたようですね」

「菊地さんがきみのことを心配してたぞ。それで、『城南労働者ユニオン』の水野書記長を訪ねて、今後のことを相談するよう伝えてくれとも言ってた」

「そうですか。菊地さんにアパートを借りる費用を借りるつもりだったんですけど、あの人も金銭的な余裕がないみたいで……」

「菊地さんは、きみに金を用立ててやれなかったことを気にしてるようだったよ」

「いい人なんだな、菊地さんは。でも、赤の他人に甘えるのはよくないですよね。このネットカフェに住民票を置かせてもらって、十数社の面接試験を受けたんですよ。でも、住所が盛り場なんで、ちゃんとしたアパートやマンション暮らしをしてないと見抜かれちゃって、どこにも採用してもらえなかったんです」

「ハローワークには行ってるんだろう?」

「ええ、ほぼ毎日ね。でも、寮のある会社で正社員にしてくれるとこがなかなかないんです。もう派遣で働きたくないんですよ。安心して働けませんし、日給から紹介手数料を差し引かれると、喰うだけがやっとですからね。安いアパートも借りられません。そうこうしてるうちに、ホームレスになっちゃいます」

「若い連中が将来に不安しか持てない社会は、みんなで何とかしないとな」

「どいつもエゴイストばかりだから、この国はもう再生できないと思うな。但島夫婦が憎いですよ。但島の奥さんを道連れにして、人生に終止符《ピリオド》を打つかな」

湯原が暗い顔で呟いた。

「冗談でも、そんなことは考えないほうがいい」

「他人事《ひとごと》だから、そんなことが言えるんですよ。ぼく、きょうは朝から無料のコーヒーしか腹に入れてないんです。金がなくて、ピラフもミックスサンドも注文できないんだ。人間、喰うものをちゃんと喰ってないと、投げ遣《や》りにもなりますよ」

「少しカンパしようか?」

「いいえ、結構です。ぼく、他人に憐《あわ》れまれるのが一番嫌いなんだ」

「それなら、出世払いで一万円だけ貸すよ。だったら、かまわないだろう?」

「いや、それでもプライドが傷つきますね。ぼくにとって、プライドは命の次に大事なものです。誇りや自尊心が保《たも》てなくなったら、死を選びますよ。でも、自分だけ果てるのは癪《しゃく》です。ぼくの塒を奪った但島玲子と無理心中するかな」

「月並だが、明けない夜はないよ。自棄にならないで、前向きに生きてくれ」

「そんな気力もなくなってしまったな」

「死ぬなよ」

不破は湯原の肩を叩いて、体を反転させた。

部下と『ログイン』を出る。雑居ビルの前で、真崎が足を止めた。

「湯原、何かやらかす気でいるんじゃないですかね」

「但島の奥さんを道連れに本気で死ぬ気になってる？」

「そうするかどうかはわかりませんが、彼は恨みのある但島夫人に何かする気なんだと思います。不破さん、捜査を中断してでも、ちょっと彼の動きを探ってみましょうよ。犯罪を未然に防ぐことも、ぼくらの使命でしょ？」

「そうだな。そうするか」

二人はプリウスに乗り込んだ。真崎がレンタカーを宮益坂の手前まで移動させた。

不破は煙草に火を点け、助手席のパワーウインドーを下げた。吐き出した煙が生き物のように車内から抜けていく。

煙草の火を消したとき、真崎の懐で携帯電話が鳴った。

「本庁の北浦が探りを入れてきたのかもしれないぞ」

不破は言った。

「そうなら、無視《シカト》したほうがいいですね？」

「ああ、そうしてくれ」

「了解！」

真崎が上着のポケットから携帯電話を取り出し、発信者を確かめた。

「北浦からの電話か？」

「いいえ、毎朝日報の早見さんです」

「そっちがつれない素振りを見せてばかりいるんで、マドンナはとうとう自分でモーションをかける気になったようだな」

「そんなんじゃないと思います」

「いいから、早く電話に出ろって」

不破は急《せ》かした。真崎がモバイルフォンを右耳に当てた。

通話は数分で終わった。

「デートの誘いじゃなかったようだな？」

「本庁の黒岩・小池コンビが朝早くから秋月のアパートの近くで張り込んだ後《あと》、派遣先の工場に貼りついてるそうです。彼女、捜査本部は秋月を真犯人《ホンボシ》としてマークしてるのかって探りを入れてきたんですよ」

「そうか。で、なんて言ったんだい？」

「わざと曖昧《あいまい》な返事をしておきました。所警部は、まだ秋月を怪しんでるんですね」

「いや、一種の陽動作戦かもしれないぞ」

「黒岩・小池班を秋月に張りつかせてるのは、ぼくらを出し抜くための作戦じゃないかということですか？」

「そう考えたほうがいいだろう。本庁の連中は秋月を疑ってきたが、凶器の金属バットから被疑者の指掌紋《ししょうもん》は出なかったんだ。凶器の発見場所が秋月のアパートの近くの建築資材置き場だということも、わざとらしいと感じたはずだよ」

「でしょうね」

「所たちは秋月はシロと判断したんだろうが、所轄の刑事たちを欺きたくて、わざと黒岩と小池を秋月に貼りつかせてるんだろう。それで、多分、北浦刑事と相沢警部補は新たな被疑者の動きを探ってるんだろうな」

「その被疑者は、但島の愛人だった仁科梨絵なんですかね？　それとも光進精工の百瀬常務か、『東京ブレーンバンク』の里中圭吾社長なんでしょうか？」

「そこまでは読めないが、そう思ったほうがよさそうだな」

不破は言った。

「もたもたしてたら、本庁《ホンブ》の六係に先を越されちゃいそうだな。といって、湯原のことも気になりますよね？　不破さん、どうしましょう？」

「真崎、落ち着けよ」

「だけど……」

「いい考えが思い浮かんだ」

「どんな妙案が閃《ひらめ》いたんです？」

「昔からよく知ってる情報屋がいるんだ。木戸正人《きどまさと》って男なんだが、そいつに捜査本部に偽情報《ガセネタ》を流してもらおう」

「但島殺しの加害者を知ってると偽の情報を密告《タレ》てもらって、本庁の奴らを翻弄《ほんろう》させるわけですね？」

「そうだ」

「それはグッドアイディアですね。その手を使いましょうよ。本庁《ホンブ》の連中に先に手柄を立てられたんじゃ、面白くないですから」

「曲がったことの嫌いな真崎が清濁併《せいだくあわ》せ呑めるようになったか。いつの間にか、大人になったんだな。感心、感心！」

「アンフェアな手段は使いたくないですよ、できることならね。しかし、六係の連中に田舎侍呼ばわりされるのは、腹立たしいじゃないですか。本庁の捜査員の顔色ばかり気にしてる織部署長も困らせてやりたいですしね」

「それでこそ、漢《おとこ》だよ。真崎は将来、気骨のある刑事になりそうだな。いまから楽しみだ」

「そんなことより、早く旧知の情報屋に電話してくださいよ」

真崎が急かした。

不破は懐から携帯電話を取り出し、情報屋のモバイルフォンを鳴らした。木戸がスリーコールの途中で通話可能になった。

不破は名乗った。

「旦那、しばらくです。お元気ですか？」

「なんとか生きてるよ。本業の風俗ライターの仕事は忙しいのかい？」

「いつも寄稿してた風俗情報誌が去年の暮れに廃刊になったんで、最近は自費出版本の原稿をリライトして、細々と喰ってるんですよ。わたしも満四十五歳になりましたんで、ちゃんとした物書きになりたいんですが、出版不況ですからね」

「暮らしにくい世の中になったが、お互いにしぶとく生きようや。ところで、そっちに頼みたいことがあって、電話したんだ」

「旦那にはいろいろお世話になったから、協力させてもらいますよ。で、何をやればいいんです？」

木戸が訊いた。不破は本題に入った。

「大崎署に設置されてる捜査本部に但島殺しの犯人を知ってるって偽情報《ガセネタ》をもっともらしくリークすればいいんですね？」

「そうだ」

「わかりました。旦那が教えてくれた捜査情報に基づいて、リアリティーのある話をでっち上げますよ」

「頼むぜ。会ったときにでも、小遣いを渡すよ」

「旦那、今回はロハで引き受けますよ。警察をからかう機会なんてめったにありませんからね。愉《たの》しませてもらうんですから、謝礼なんか受け取れません。とにかく、わたしに任せてください」

木戸が通話を切り上げた。不破は、二つに折り畳んだ携帯電話を懐に戻した。

そのすぐ後、真崎がルームミラーに目をやった。

「湯原がネットカフェから出てきました」

「そうか」

不破は小さく上体を捩《ねじ》った。

草色のパーカを羽織《はお》った湯原は宮益坂に出ると、突然、走りはじめた。気分転換に毎夕、ジョギングをしているのか。それにしては、顔つきが険《けわ》しい。何かに憤《いきどお》っているような表情だ。

「低速で湯原を追尾《ついび》してくれないか」

「はい」

真崎がレンタカーを発進させる。

湯原は宮益坂を登り切ると、青山通りに沿って駆けつづけた。青山学院の手前で裏通りに入り、恵比寿方向に向かった。

湯原は数キロごとに小休止したが、走ることをやめなかった。真崎も頻繁《ひんぱん》に車を路《ろ》肩《かた》に寄せた。

「どこに行く気なんでしょう？」

「わからないな。とにかく、尾けてくれないか」

不破は部下に言った。

湯原は休み休み走り、渋谷橋《しぶやばし》から天現寺《てんげんじ》方面に向かった。北里大学のキャンパスを抜けると、白金一丁目方向に進んだ。

「不破さん、湯原は白金台セレモニーホールをめざしてるんではありませんかね。それで、何か悪さをする気なんじゃないのかな」

「どんな悪さが考えられる？」

「但島の柩《ひつぎ》を引っくり返して、遺体を蹴《け》りつけるとか……」

「そこまではやらないと思うが、わからないな。とにかく、車をちょくちょく路肩に寄せて、湯原をとことん追ってくれ」

不破は真崎に指示した。

プリウスは湯原に追いつきそうになるたびに、路肩やガードレールに寄せられた。何台もの後続車がプリウスの低速運転に苛《いら》ついて、ホーンを轟《とどろ》かせた。

そのつど、不破たちはひやりとさせられた。しかし、湯原は後方を振り返ることはなかった。彼は休みながら、ひたすら走った。まるで何かに取り憑《つ》かれたような様子だった。

やがて、湯原は閑静な住宅街に走り入った。

そこは白金だった。但島の自宅がさほど遠くないエリアにある。

「湯原は但島の自宅に行くようですね」

真崎がステアリングを操《あやつ》りながら、早口で言った。

「多分、そうなんだろう」

「未亡人はセレモニーホールにいると思うんですよ。留守宅に何をしに行くつもりなんですかね？　家の中に忍び込んで、湯原は金品を盗《ギ》る気なんだろうか」

「それも考えられるが、湯原は但島宅に火を放つ気なのかもしれない」

「放火《アカイヌ》ですか!?」

「ああ。湯原は未亡人の玲子を道連れにして、死んでもいいと捨て鉢になったんだろうが、さすがにそれを実行するのはためらわれた。しかし、恨みのある夫婦に何か仕返しはしたかった。そんなことで、但島家を丸焼けにしてやろうと思いついたんじゃないのかな？」

不破は口を引き結んだ。真崎は息を長く吐いただけで、何も言わなかった。

湯原が走りに走って、急に足を止めた。

但島宅の門前だった。

不破は、真崎にレンタカーを停止させた。但島の自宅の六、七十メートル手前だった。二人は姿勢を低くした。

湯原が左右を見回してから、但島宅の石塀《いしべい》を乗り越えた。門灯も玄関灯も点いていない。家の中には誰もいないのだろう。

「行くぞ」

不破は部下に声をかけ、先にプリウスを降りた。真崎も運転席を離れる。

二人は疾駆《しっく》した。但島宅の門扉《もんぴ》を先に乗り越えたのは真崎だった。少し遅れて、不破も敷地内に飛び降りた。

近くに湯原の姿は見当たらない。家屋《かおく》の脇か、裏手にいるのだろう。

不破たちは抜き足で、建物の脇に回り込んだ。動く人影は目に留《と》まらない。

二人は足音を殺しながら、裏庭に向かった。

広いテラスの中ほどに湯原が立っていた。丸めた新聞紙を左手に持って、ライターの炎を近づけつつあった。

「湯原、やめろ！」

真崎が大声を張り上げた。湯原は狼狽《ろうばい》しながらも、新聞紙の端に火を点けた。炎が瞬《また》く間に大きくなった。

不破はダッシュした。全身で湯原に体当たりする。

湯原がよろけた。手から、燃えている新聞紙が落下した。すかさず真崎が炎を踏み消す。

「なんで邪魔したんだよっ」

湯原が子供のように言い、その場に頽《くずお》れた。

「この家を燃やせば、気が済むのか？　それで、憎しみや怒りが消えるのかっ」

不破は言った。

「何か但島夫婦に仕返しをしなければ、あまりにも惨《みじ》めじゃないか。だから、但島の家を全焼させたかったんだよ」

「まだリセットはできる。過去のことはきっぱり忘れて、再出発するんだ」

「でも、どうせ放火未遂で捕まるんだろう？」

「わたしたちは何も見てない」

「え？」

「早く立ち去れ。後《あと》のことは、うまく処理しておく」

「でも……」

湯原は戸惑《とまど》っている様子だった。真崎が焦《じ》れったそうに湯原を摑み起こした。

「自分らは何も見てない。丸めた新聞に誰が火を点けたのか、暗くてわからなかったんだ。早く失《う》せろって」

「あなたたちのことは一生忘れません。ありがとうございます」

湯原が一礼し、走りだした。あっという間に、後ろ姿は闇に紛《まぎ》れた。

「さて、燃え滓《かす》をきれいに拾い集めないとな」

不破は屈《かが》み込んだ。真崎がにやついて、不破に倣《なら》った。

## 4

客分の捜査員は誰もいない。

予備班長を務《つと》めている本庁の所警部の姿も見当たらなかった。捜査本部にいるのは、上司の岩松係長と庶務班の三人だけだった。いずれも大崎署の署員である。

不破は、ほくそ笑《え》んだ。どうやら本庁の刑事たちは偽情報に引っかかったらしい。

湯原の放火未遂に目をつぶってやった翌日の午前九時半過ぎだ。

昨夕、不破たちコンビは但島宅を出ると、千代田区内にある光進精工の本社を訪ねた。だが、常務の百瀬展男はすでに帰途《きと》についていた。

不破たちは世田谷区用賀にある百瀬常務の自宅に回り、午前零時近くまで張り込んでみた。しかし、無駄骨を折っただけだった。百瀬は自分の家から一歩も出なかった。

コンビはレンタカーを返した後《あと》、五反田の居酒屋で酒を酌《く》み交わした。

店を出たのは、午前三時過ぎだった。相棒の真崎は徒歩で大崎署に戻った。不破はタクシーで帰宅した。

明らかに寝不足だった。瞼《まぶた》が重い。

不破は欠伸《あくび》を嚙《か》み殺しながら、岩松係長に近づいた。

「桜田門の連中がいませんが、何かあったんですか？」

「きのうの夕方、前捜査一課長が心筋梗塞《しんきんこうそく》で倒れて救急病院に運ばれたらしいんだが、昏睡《こんすい》状態だというんだよ」

「危ないんですね？」

「そうみたいだな。所警部は万が一のことを考えて、部下たちに弔《とむら》いの手伝いをさせる気なんだろう」

「で、みんなは？　隣の会議室に集まってるのかな？」

「いや、去年の秋にオープンした新しい喫茶店にいるようだね。店の名は『カトレア』だったと思うが……」

岩松が言った。

「ええ、そうです。署の前にコーヒーショップがあるのに、なんで遠くにある店に行ったのかな。わたしたち所轄の刑事には聞かれたくない話をしてるんですかね。捜一にストックされてる裏金で香典を三十万円ぐらい包もうとか」

「不破君、推測や臆測で裏金云々《うんぬん》と口にするのはよくないよ。昔はともかく、いまはどこも裏金作りなんかしてないはずだ」

「そうですかね。警察の体質は、マスコミや市民運動グループが騒いだぐらいじゃ、変わらないでしょ？」

「ま、そうだろうけどね。でも、本庁《ホンブ》の方たちの悪口を言ってると受け取られたら、署長にご注進《ちゅうしん》されちゃうよ。うちの署長は……」

「桜田門の偉いさんに取り入ることしか考えてない？」

「不破君は大胆不敵だね。わたしも、開き直った生き方をしてみたいよ」

「係長も開き直ればいいんですよ。そしたら、楽に生きられるのに」

「そうなんだろうけど、わたしは敵を作ることが怖《こわ》いんだ。われながら、つくづく小心者だと思うよ。しかし、子供のころから、こんな性分《しょうぶん》だから、急に野放図《のほうず》に生きることは無理だね」

「それなら、いまのままでいいじゃないですか。ところで、所警部はどう筋を読んでるんですかね？」

不破は話題を変えた。

「所さんは、いまも秋月を疑ってるみたいだな。部下の黒岩・小池班を秋月に張りつかせてるからね。ただ、その一方で北浦刑事に『スタッフプール』とライバル関係の人材派遣会社を洗わせてるようなんだ。わたしには、有力な手がかりを得たという報告は上がってきてないと言ってるが、ひょっとしたら、北浦刑事は大きな収穫を得てるのかもしれないな」

「そうなんだろうか」

不破は努めて平静に喋ったが、内心は穏《おだ》やかではなかった。捜査一課の第六係はすでに重要参考人を絞り込み、証拠固めに入っているのか。

そうなら、先を越されてしまうかもしれない。織部署長、川辺副署長、梅宮刑事課長の三人はひと安心するだろうが、所轄署刑事としては落ち着かなくなる。あらゆる手段を用《もち》いて、巻き返しを図らなければならない。

「きのう、真崎君は『スタッフプール』と対立してそうな同業者の洗い出しを単独でやってくれたと思うんだが、何か報告があったの？」

岩松が唐突に訊いた。

「足を棒にして歩き回ったみたいですが、これという収穫はなかったようですね」

「そう」

「きみのほうは、どうだったのかな？」

「未亡人の玲子の交友関係を洗ってみたんですが、残念ながら……」

「そうか。きょうは被害者の告別式だね。殺された但島は間もなく骨になるんだな。人間なんて儚《はかな》いもんだ」

「係長、それだから、他人の目なんか気にしないで、生きたいように生きるべきですよ。そうしないと、老《お》いさらばえたときに後悔するはずです」

「それはわかってるんだが、なかなか伸びやかには生きられないんだよ」

「なら、仕方ないですね。それはそうと、まだ真崎は仮眠室にいるのかな。しょうがない奴だな。叩き起こしてやるか」

「もう少し寝かせてやれよ。現場捜査はハードだから、疲れがなかなか抜けないんだろう」

「ええ、確かにね。実はこっちも寝不足で、頭が働かないんですよ。ちょっと外の風に吹かれてきます」

不破は上司に断って、捜査本部を出た。

大崎署から遠ざかると、情報屋の木戸に電話をかけた。

「きのう、捜査本部に偽情報《ガセネタ》を流してくれたよな？」

「ええ、ちゃんとやりました。ボイス・チェンジャーを使って、公衆電話からね。電話口に出たのは、本庁の所って警部でしたよ」

「偽情報の内容は？」

「かつて『スタップフプール』に登録したことのある知り合いのフリーターが但島社長を金属バットで撲殺したと自分に打ち明けてくれて、西東京市郊外の廃屋《はいおく》に身を潜《ひそ》めてると言っておきました。それで、旦那から聞いた通りに犯行現場の状況を細かく喋って、凶器を『目黒ハイム』の近くの建築資材置き場に棄《す》てたって話もしましたよ」

「所の反応はどうだった？」

「こっちの情報を信じたみたいでした。犯人しか知り得ないような事柄をさりげなく教えたんでね」

「役者だな。風俗ライターで喰えなくなったら、ぺてん師になれよ。情報屋をやりながらさ」

「旦那、現職の刑事でしょ？　そんなことを言ってもいいのかな？」

「冗談だよ。それで、架空の殺人者の名は？」

「堀越雄大《ほりこしゆうだい》です。その名の男は、実在するんですよ。わたしの中学校時代のクラスメートで、いじめっ子だったんだよな。いじめられるたびに、わたし、いつか必ず仕返しをしてやろうと胸に誓ってたんです。ですが、卒業するまで結局、何も報復はできなかったな。だからね、こういう形で仕返しする気になったんですよ」

木戸が答えた。

「暗いな」

「ええ、ちょっとね。だけど、どこかでバランスを取らないと、なんか面白くないでしょ？」

「まあな。で、潜伏先の住所まで教えたんだね？」

「ええ、旧保谷《ほうや》市の外れにある廃屋になった洋館の住所を教えてやりました。朽《く》ち果てた館《やかた》は昭和初期に建てられたんですが、一九六〇年代に貿易商一家五人が押し込み強盗に斧《おの》で惨殺《ざんさつ》されてしまったんです」

「そうなのか」

「土地と建物を相続した主の実弟が更地にしようと上物《うわもの》を解体させようとしたら、今度はその男が行きずり殺人の被害者になってしまったんですよ。さらに彼の奥さんが知り合いの女性に毒殺されたんです」

「本当の話なのか？」

「ええ。両親を殺された倅《せがれ》が洋館の土地と建物を相続したわけですが、呪《のろ》われた家だと怯えて、旧保谷市に寄贈してしまったらしいんです。公園にするには狭いとかで、その後、何十年も放置されたままなんですよ。実話雑誌に写真入りで載《の》ってた記事ですんで、作り話じゃないはずです」

「そっちは時々、さも事実のように作り話をするからな」

「ええ、そんなこともありましたっけ。だけど、いまの話はノンフィクションです」

「わかったよ。桜田門の奴らはそのうち偽情報《ガセネタ》に踊らされたと気づくだろうが、しばらく時間は稼げそうだな」

「偽情報《ガセネタ》のことがバレたら、わたし、犯人になりすましましょうか？　いずれ真犯人じゃないとわかっちゃうでしょうが、本庁捜査員たちの目を逸《そ》らすことはできますからね」

「そこまでやってくれなくてもいいよ」

「こっちは本気で言ってるんです。家族もいない風来坊ですから、何も失うものはないですからね。旦那は別ですけど、わたし、威張《いば》り腐ってるお巡りが大っ嫌いなんですよ。警察の連中をからかったら、なんか愉快になるじゃないですか」

「いいって、いいって。もう充分だよ。近いうち、何か奢《おご》るよ」

不破は携帯電話の終了キーを押した。折り畳んだモバイルフォンを懐に突っ込み、

『カトレア』に向かう。

不破は百数十メートル歩き、コーヒーショップに入った。BGMは、マライア・キャリーの初期のラブソングだった。ほどよい音量だ。

奥のテーブル席に所警部たち本庁の捜査員が固まって坐っている。北浦と相沢が顔を見合わせた。全員、うろたえた様子だった。

「みなさん、打ち揃ってますね。なんの相談なんです?」

不破は奥に向かいながら、所警部に顔を向けた。

「きのうの夕方、前の捜一課長が心筋梗塞で倒れて、意識不明なんですよ」

「危篤《きとく》状態なのかな?」

「一両日が峠だろうが、残念なことになるかもしれない。もう何年か前に退職されたんだが、親分肌で面倒見のいい方だったんですよ」

「そうなのか。そういうことなら、万が一のときは昔の部下たちが弔いの手伝いをしないとね」

「そうなんですよ。といって、みんなで抜けるわけにはいかないですからね」

所が言った。

「こっちと岩松係長で、しっかり留守を預かりますよ」

「そうはいきません。われわれは大崎署の庭先でお手伝いさせてもらってるわけだから。しかし、万が一のときは順番に二、三人ずつ捜査本部《チョウバ》を離れさせてもらうことになりそうだな」

「どうぞ遠慮なさらずに、そうしてくださいよ。前の捜一課長のお宅は都内にあるんでしょ？　どちらにお住まいなのかな？」

「西東京市です。昔の保谷市ですよ」

「そうですか。混《こ》み入った話もあるだろうから、わたしは別の店でコーヒーを飲むことにしよう」

不破は踵《きびす》を返しかけた。すると、所がすっくと立ち上がった。

「われわれの話は、もう済んだんですよ。捜査本部に戻りますんで、不破さん、ゆっくりコーヒーを飲んでください」

「追い出したみたいで、なんだか悪いな」

不破は誰にともなく言った。北浦が同僚たちを目顔《めがお》で促《うなが》した。相沢たちが次々に腰を浮かせた。

本庁の捜査員たちは所警部の後《あと》に従って、『カトレア』から出ていった。不破は空《あ》いているテーブル席に坐り、ウェイトレスにコーヒーを頼んだ。

前任の捜査一課長の自宅は、西東京市にあるのか。本庁捜査二課に警察学校で同期だった刑事がいる。

不破は、その同期生に電話で確かめてみた。

その結果、前捜査一課長の自宅が豊島区要町《かなめちょう》にあることがわかった。しかも、その警察OBは去年の十月に病死しているという話だった。

所《ところ》班のメンバーは偽情報を真《ま》に受け、所轄署の刑事を出し抜く気になったのだろう。それにしても、すでに物故している警察OBがまだ在命しているように装うとは何事なのか。彼らが所轄署の人間を侮《あなど》っているとしか思えない。

不破はコーヒーをブラックで飲むと、部下の真崎の携帯電話を鳴らした。電話口に出た部下は寝呆《ねぼ》け声だった。

「いつまで寝てるんだ。本庁の連中は偽情報《ガセネタ》に踊らされて、抜け駆け作戦を開始するようだぞ」

「えっ」

「北浦はきょうも真崎とは別行動を取るつもりだろうから、いつでも抜け出せるようにしといてくれ」

「はい」

「おれも相沢刑事の目を盗んで、こっそり署を抜け出す。また、光進精工の本社ビルあとに行ってみよう。後《あと》で、もう一度連絡するよ」

不破は通話を切り上げ、煙草のパッケージを引き寄せた。

# 第四章　暴《あば》かれた素顔

## 1

双眼鏡の倍率を上げる。

十三番ホールが間近に迫った。静岡県にある富士御殿場《ごてんば》カントリークラブだ。不破はグリーンの外れの林の中にいた。かたわらには、部下の真崎が立っている。二人がレンタカーのプリウスで光進精工の本社ビルを訪れたのは、午前十時半ごろだった。真崎がプリウスを本社ビルの脇道に停めたとき、光進精工の地下駐車場からブリリアントグレイのレクサスが走り出てきた。

運転していたのは、百瀬常務だった。カジュアルなジャケットを着ていた。遠出するのではないのか。不破はそう直感し、部下にレクサスを追うよう指示した。

百瀬の車は首都高速道から東名高速道路に乗り入れ、御殿場ＩＣ《インターチェンジ》で一般道に下《お》りた。そして、このゴルフ場に着いたのである。

百瀬を接待したのは、光進精工の下請け業者だった。社長たち役員三人が百瀬と一緒にコースを回りはじめた。

プレイ開始時刻が遅い。てっきりハーフプレイを愉《たの》しむものと思っていた。しかし、四人のプレイヤーはカートをフルに使って、十三番ホールに達していた。

百瀬の番がきた。

スイングの切れはよくない。それでも、接待側の男たちはお世辞を言ったようだ。百瀬が下脹《しもぶく》れの顔を綻《ほころ》ばせた。笑った拍子に、太鼓腹《たいこばら》が揺れた。

「常務は接待され馴《な》れてるみたいだな」

不破は、ドイツ製の小型双眼鏡を真崎に渡した。すぐに部下がレンズを覗《のぞ》く。

「百瀬は、下請け業者や人材派遣会社からキックバックを貰《もら》って、うまい酒と飯《めし》を喰《く》らいつづけてきたんでしょう。だから、あんな太鼓腹になったんだと思うな」

「そうなのかもしれない。殺された但島は何年も派遣労働者の日当の二、三割を予《あらかじ》め撥《は》ねておいて、その分にリベートをプラスして渡してたんだろう。それだから、中堅の『スタッフプール』の登録者をコンスタントに百人以上も光進精工の生産ラインに派遣できたにちがいない」

「そうなんでしょうね。但島は百瀬の弱みをちらつかせて、もっと自分のとこの登録者を多く派遣させせろと要求したんでしょうか？　常務は但島の要求に応《こた》えられなかった。それで保身のため、誰かに『スタッフプール』の社長を殺害させたんですかね？」

「百瀬が今回の事件に関《ヤマ》わってるとしたら、そう筋《すじ》を読むのが普通だな。ただ、但島がそうした要求をしてないとしたら、常務は殺人には無関係なんだろう」

不破は呟《つぶや》いた。真崎が双眼鏡を下げた。

「えっ、どうしてですか？」

「常務は派遣労働者のピンハネ分を但島から貰ってたことが表沙汰になったら、横領で捕《つか》まることになる。しかし、但島が妙な要求をしてなかったとしたら、キックバックで私腹を肥《こ》やしてることは表沙汰にはならないよな？」

「ええ、そうですね。不破さん、どんなふうに推測したんです？」

「但島が弱みのある百瀬常務に何も要求してないとしたら、人材派遣会社のどこかが『スタッフプール』と常務担当役員の癒着《ゆちゃく》の事実を嗅《か》ぎ当てたのかもしれない」

「そういうことも考えられますね。で、その会社は但島を排除して、自分らが百瀬常務と癒着し、売上を伸ばそうと企《たくら》んだのかもしれないという筋読《すじよ》みなんですね？」

「ああ、そうだ。これまでの調べで、『東京ブレーンバンク』が同業の人材派遣会社四社を廃業に追い込んだという証言を得てる」

「俠友会の企業舎弟《フロント》は『スタッフプール』が百瀬常務に袖《そで》の下を使ってる証拠を押さえて、但島に手を引けと脅迫したんですかね？　それ、考えられそうだな。『東京ブレーンバンク』の里中社長はインテリやくざで、侠友会の理事のひとりですからね」

「この不況がさらに深刻になったら、大手と準大手の人材派遣会社しか生き残れなくなるだろう」

「ええ、そうでしょうね。製造関係の企業だけではなく、建設、不動産、流通業界も人員削減を迫られてます。正社員も次々にリストラされることになれば、非正規従業員の働く場は極端に少なくなるでしょう」

「ああ。その結果、中小の人材派遣会社は倒産に追い込まれることになりそうだ」

「『東京ブレーンバンク』は中小のライバル会社を次々にぶっ潰《つぶ》して、自分たちだけ生き残りたいと考えてるのかもしれませんね。中堅の同業者の中では、『スタッフプール』だけがかなりの年商をキープしてた。だから、真っ先に潰しにかかったんじゃないのかな？」

「百瀬が誰かに但島を始末させたんでなければ、その線も考えられると思うよ」

「そうですね」

「もうじき百瀬たちはプレイを終えて、クラブに戻るだろう。おれたちはゲート近くで待って、またレクサスを尾《つ》けよう。車だから、常務は酒を飲まずに東京に戻るはずだ」

「でしょうね。間もなく午後四時になりますから、もう百瀬は会社には戻らないでしょ？」

「ああ、多分な」

「まっすぐ用賀の自宅に帰るのかな？　それとも、どこかに寄ってから……」

「寄り道して、私生活の乱れを覗かせてくれるといいんだがな。相手にスキャンダルがあれば、少々、きつい事情聴取をしても文句をつけられる心配はない」

「ええ、まあ。常務はキックバックを奥さんに渡すわけにはいかないから、若い愛人にでも貢《みつ》いでそうだな。あるいは、違法カジノで派手に金を遣《つか》ってるんですかね？」

「どっちにしても、悪銭は身につかないものさ。外周路に戻ろう」

「はい」

二人は林を抜け、外周路に足を向けた。

外周路の少し手前で、不破の携帯電話が着信音を発した。たたずみ、ディスプレイに目をやる。発信者は情報屋の木戸だった。

「わたしね、いま西東京市にいるんですよ。例の呪《のろ》われた洋館の近くです。旦那、本庁の刑事と思われる男たちが五、六人、付近を駆け回ってますよ」

「そうか。まんまと偽情報《ガセネタ》に引っかかってくれたようだな」

「ええ。なんか面白くてね、気分最高です」

「あんまり朽ちかけた洋館の近くに長くいないほうがいいな。怪しまれて、職務質問《バン》かけられるかもしれないから」

「もし職質されても、どうってことありませんよ。こっちが捜査本部に偽情報を流したって証拠があるわけじゃないんだから」

「そうなんだが、油断しないほうがいい。猟犬並に嗅覚《きゅうかく》の鋭い刑事もいるからな」

「もうじき引き揚げますよ。もしかしたら、別の刑事が堀越雄大を捜し出して、事情を聴きに行ったかもしれませんね。そうだとしたら、愉快だな。昔、わたしをいじめた奴は焦《あせ》るだろう。その姿が目に浮かびますよ」

「執念深いんだな」

「それだけ堀越って奴に屈辱的な思いをさせられましたからね。中一の二学期のとき、教室で堀越にジャージのズボンとブリーフを不意に押し下げられたんです。後《うし》ろからね。周《まわ》りには、クラスの女子がたくさんいたんですよ」

「大事なとこをもろに見られちゃったわけか」

「ええ、丸見えだったと思います。ズボンを踝《くるぶし》まで下げられちゃいましたんでね。あのときは恥ずかしかったな。好きな女の子がそばにいたんですよ。死にたくなりましたね。それから、悪さばかり仕掛けてくる堀越の奴を図工用の鋏《はさみ》でぶっ刺してやろうとも思いましたよ」

「それほど悔しかったんだな。気持ちはわかるよ」

「なんか話が逸《そ》れちゃいましたね。警視庁の面々は偽情報《ガセネタ》に振り回されたことに気づくでしょうから、何か次の手を考えませんとね。しかし、似たような手は使えないでしょ？　旦那、何かいい作戦はありませんか？」

「きょう一日でも時間を稼げたから、こっちは助かったよ」

「何か進展があったんですか？」

「ああ、少しね。また何かで助けてもらうかもしれないが、そっちはしばらくおとなしくしててくれ」

「なんだか残念ですねえ。もっと警視庁の連中を振り回してやりたかったんですけどね」

「また、いつか機会を与えるよ。ありがとうな」

不破は電話を切り、部下に通話内容を手短に話した。

「いい気味だ。桜田門の奴ら、偽情報に振り回されたと知ったときは地団駄《じだんだ》踏むでしょうね」

「そうだろうな」

「われわれを田舎侍なんて見下《みくだ》した罰《ばち》ですよ。それはそうと、所警部はこちらの企みを覚《さと》ってはいないでしょうね？」

「びくつくことはない。仮に覚ったところであっちもおれたちを欺《あざむ》いたんだ。前捜一課長は去年の秋に病死してるのに、心筋梗塞《しんきんこうそく》で倒れたなんて嘘をつきやがって。こっちを詰《なじ》ったりできないさ」

「そうですね」

真崎が安堵《あんど》した表情で、灰色のプリウスに駆け寄った。部下が運転席に入ると、不破は助手席に腰を沈めた。

すぐさま真崎がレンタカーを発進させた。外周路を回り込み、ゴルフ場のゲートの近くで張り込みはじめた。

ほどなく夕闇が漂い、街灯が瞬《また》きだした。

見覚えのあるレクサスがゴルフ場の門から滑り出てきたのは、午後六時数分過ぎだった。常務の車に同乗者はいなかった。接待側の人間とはクラブハウスで別れたのだろう。

レクサスは一般道を十キロほど走り、御殿場ＩＣから東名高速道路に入った。上り車線を高速で進み、ひたすら東京をめざしている。

真崎は一定の車間距離を保《たも》ちつつ、レクサスを追尾《ついび》しつづけた。

レクサスが東京料金所に着いたのは、八時過ぎだった。車はそのまま玉川通りをたどり、三軒茶屋を通過した。

「用賀の自宅に帰る前に道草をくう気になったようだな」

不破は部下に言った。

「ええ、そうみたいですね。六本木か赤坂あたりの高級クラブでブランデーでも傾けて、代行のドライバーを呼んでもらうんじゃないですかね？　それとも、囲ってる愛人宅に向かってるんでしょうか？」

「どっちにしても、百瀬常務の私生活を垣間《かいま》見られそうじゃないか」

「そうですね。社会的地位や金を得たおっさんたちはストレス発散と称して、派手な夜遊びをしてるみたいですから、とんでもないことをして愉しんでるのかもしれませんよ」

「たとえば、どんな遊びをしてると思う？」

「女優みたいな白人娼婦を二、三人、ホテルに呼んで、3Pとか4Pをやる気なんじゃないのかな？　女遊びをし尽くした中高年の男たちは、オーソドックスな性行為には飽《あ》きちゃってるみたいですから」

「そういう傾向はあるようだな」

「ちょっとアブノーマルなプレイじゃなければ、快感を得られないとすると、百瀬常務が秘密SMクラブの会員ということも考えられますね。成功者には意外にマゾヒストが多いそうだから、百瀬もM《エム》なんじゃないのかな？」

「それでボンテージ姿のS嬢に鞭《むち》で叩かれたり、ピンヒールで踏みつけられて、悦《よろこ》んでるか？」

「ええ、案外ね。その程度の変態ぶりなら赦《ゆる》せますが、百瀬にロリコン趣味があって、十代の少女たちを弄《もてあそ》んでたら、即、逮捕しましょうね。そういう奴らは、絶対に赦せませんから」

「ああ、赦せないな」

不破は同調した。

レクサスは青山通りから、六本木通りに入った。行き先は、まだ見当がつかない。百瀬の車は麻布署の少し手前で右に曲がった。六本木交差点から二百メートルほど離れた脇道だ。両側には、小粋な構えのダイニングバー、ワインバー、ブティック、クラフトショップなどが並んでいる。

レクサスは七、八十メートル進み、立体駐車場に吸い込まれた。

真崎がレンタカーを立体駐車場のそばの路肩《ろかた》に寄せた。

「このあたりの雑居ビルには、秘密ＳＭクラブや違法カジノがありそうですね。正体不明の男女や外国人の姿も多い感じだから」

「真崎、そういう先入観は持たないほうがいいな。固定観念や先入観に引きずられると、いつか見込み捜査や誤認逮捕をしてしまうんだ」

「は、はい」

「優秀な先輩刑事が先入観や通念に引っ張られて、何人も捜査ミスをしてる。もちろん上司の了解を取ってから、任意同行を求めたり、緊急逮捕したんだがな」

「そうでしょうね」

「しかし、捜査の行き過ぎが問題になると、いつも幹部連中は現場の者に責任をおっ被《かぶ》せて逃げてしまう。割を喰うのは、われわれ現場捜査に携《たずさ》わってる刑事なんだ。真崎は停年まで刑事でいたいと言ってたよな？」

「ええ」

「それだったら、常識、通念、先入観に囚《とら》われないことだね。どんな人間にも多面性があるから、表層の現象を見ただけじゃ、物事の本質が見えてこないんだよ」

「そうなんでしょうね」

「犯罪者だって、いろんな仮面を被りながら、社会生活を送ってる。法律を破ったという点では同じでも、その背景にあるものや動機はそれぞれ異《こと》なるんだ。善人に見える奴が救いようのない極悪人《ごくあくにん》だったり、逆に悪党面《づら》した男が無類のお人好しだったりするんだよ」

「勉強になりました」

「おっと、いけない！　また、先輩面して、偉そうなことを言っちまったな」

不破は自分の額を叩いた。

「厭味《いやみ》や皮肉じゃなく、いいことを教わりましたよ。お礼を言います」

「よせやい！　真崎がいまどきの若い奴には珍しく一本気で、正義感にあふれてるもんだから、なんか危なっかしく思えちゃったんだ。真崎、もう少し肩の力を抜いてさ、ちゃらんぽらんになってくれよ。相棒が生真面目《きまじめ》な熱血漢だと、なんか疲れるからな」

「ぼく、堅すぎますかね？」

「こっちから見れば、堅苦しい優等生だね。あんまり〝いい子〟だと、マドンナ記者が退屈しちゃうぞ。昔っから、男はちょっと不良っぽいほうが女にモテるんだ」

「女性に好かれたいと思って生きてるわけじゃありません」

「その堅さがいけないんだよ。もう少し悪党《ワル》になってさ、毎朝日報の早見記者を孕《はら》ませちゃうぐらいのやんちゃ坊主になれや」

「不破さん、なんてことを言うんですかっ。ぼくは、女性を力ずくでどうこうするような人間じゃありません。見損なわないでください」

真崎が真顔《まがお》で怒った。

「別に美人記者を押し倒せと言ってるわけじゃない。物の譬《たと》えだよ」

「そうだったんですか。現職刑事がレイプを唆《そそのか》すような言い方をしたんで、不破さんの頭が急におかしくなったのかなと思っちゃいましたよ」

「本当に真面目人間なんだな、真崎は。それにしても、いまの若い男の大半は草食系だって雑誌に書かれてたが、もうちょっとワイルドになってほしいな。本能剝《む》き出しのギンギンの肉食系も困ったもんだがね。それはそうと、マドンナ記者のことは憎からず想《おも》ってるんだろう？」

「早見さんのことは嫌いじゃないですよ。でも、彼女はアイドルみたいな存在ですからね。谷間の百合《ゆり》ですよ」

「手折《たお》ろうとして崖をよじ登っても、手が届かない？」

「そうですね。彼女のことは遠くで眺めてたほうが……」

「おい、真崎！　しっかりしろよ。眺めてるうちに、ほかの男に手折られちゃうかもしれないんだぞ。織部署長の後妻になってもいいのか？」

「いやですよ、そんなの。絶対に赦せません！　でも、早見さんは出世のことしか考えてない署長みたいな男にはなびかないと思います」

「わからないぞ。織部は一応、準キャリだから、もっと出世するだろう。女は結婚するとなると、それなりにしっかり算盤《そろばん》を弾くもんだからな」

「まりえは、そんな女じゃありませんよ」

「おっ、呼び捨てにしたな。実は、もう二人はデキてたのか!?」

「そんな下品な言い方しないでください。ぼくの想いが穢《けが》れてしまうようで、なんか

「不愉快です」

「やっと胸の想いを洩《も》らしたな。それなら、早見記者の気持ちに応えてやれよ。彼女は間違いなく、真崎にぞっこんだね」

「不破さん、いまは職務中ですよ。そういった話をするのは、まずいでしょ？」

「堅い！　でも、そんなふうに照れる真崎もなんか初々《ういうい》しくて、いい感じだよ」

不破は目を細めた。

ちょうどそのとき、百瀬が立体駐車場から姿を見せた。馴れた足取りで、斜め前の雑居ビルの地階の階段を下《くだ》っていった。

「えっ、嘘だろ!?　Ｂ１には『ミラクル』ってクラブしかないみたいですよ。ホステスのいるクラブじゃなくて、ダンスクラブなんですよね」

真崎が想定外の展開になったことで、驚きの声を洩らした。

「よく知らないが、高級ダンスクラブのＶＩＰルームには、エスコートレディーがいるそうじゃないか」

「その種の女性を愛人にしてるんでしょうかね。それとも、百瀬は美人ＤＪを囲ってるんでしょうか？　まさか常務、店内で麻薬密売人と接触する気なんじゃないだろうな」

「そうなのかもしれないぞ」

「いい年齢《とし》のおじさんが覚醒剤《エス》か葉《マリファナ》っぱをクラブで、こっそり買ってるかもしれないというんですか⁉」

「本人がドラッグに溺《おぼ》れてるんじゃなく、息子か娘がジャンキーになりかけてるんじゃないのかな？　子供が逮捕《パク》られるのを恐れて、父親が代わりに麻薬《ヤク》を渋谷のセンター街や六本木のクラブで買ってやってるのかもしれないぞ。『ミラクル』を覗いてみよう」

　不破は先にレンタカーを降りた。真崎もプリウスから出てきた。

　二人は道路を斜めに横切って、『ミラクル』に通じる階段を降りた。真っ黒いドアを開けると、右手にクロークがあった。

「ちょっと人を捜してるんだ」

　不破は従業員の若い男に警察手帳を呈示《ていじ》し、真崎と店の奥に向かった。通路の先にダンスフロアがあった。手前はドリンクフロアになっていた。

　ほぼ正面のブースの中に、ニット帽を被ったＤＪがいる。三台のターンテーブルには、それぞれレコードが載《の》っていた。二十代後半のＤＪは体でリズムを刻みながら、器用な手つきでレコードを急停止させたりしている。

　ダンスフロアには、若い男女がいた。ハウス・ミュージックに合わせて、ステップを踏んでいる。四十人近くいそうだ。

「対象者《マルタイ》はあっちにいます」

真崎がドリンクフロアに目を向けた。百瀬は端のテーブルで、黒人の男と何か話し込んでいた。黒人は三十歳前後だろう。

百瀬がにこやかに笑い、相手と短く握手した。黒人の男が椅子から立ち上がった。

「職質しますか？　黒人は麻薬密売人かもしれませんからね」

「だったとしても、見逃してやろうや」

不破は言った。

「そんな……」

「こっちには時間がないんだ。もたもたしてたら、所班に先を越されちまうぜ」

「だけど、ぼくらは法の番人なんですよ」

「言いたいことはわかってる。だがな、いまはおれに従ってくれ。不満だろうが、そうしてくれよ」

「わかりました」

真崎が口を閉じた。黒人の男が二人の横を抜け、出入口に向かった。長身だった。体臭がきつかった。不破は、むせそうになった。百瀬が椅子から立ち上がった。

不破たちは奥のテーブル席に向かった。百瀬が二人の顔を見て、急に落ち着きを失った。スラックスのポケットから何かを抓《つま》み出し、足許に落とした。すぐに靴でビニール袋を踏みつけた。

「警察の者です」

不破は告げて、百瀬を軽く押した。

百瀬がよろけた。不破は素早く屈《かが》み、床《ゆか》からビニール袋を拾い上げた。中身は乾燥大麻だった。

「これを黒人の男から買ったんだね？　おたくの息子か娘がマリファナと縁を切れないようだな」

「なぜ、そのことを知ってるんだ!?　警察は娘の由佳《ゆか》を内偵捜査してたのか」

「娘さんはいくつなんだ？」

「十九です。高校を中退してからは、親を困らせることばかりして、困った娘です。しかし、ひとり娘なんで、勘当することもできない。マリファナは、いつもわたしが買ってたんです。ですから、由佳は見逃してほしいんですよ。この通りです」

百瀬が深々と頭を下げた。

「こちらの捜査に協力してくれたら、大麻のことには目をつぶろう」

「何をお知りになりたいんです？」

「店の外で話しましょう」

不破たちは百瀬を『ミラクル』から連れ出し、プリウスの後部座席に押し込んだ。

不破は百瀬の横に腰かけ、まずアリバイ調べをした。

「但島社長が殺された晩は、わたし、まだ社内にいましたよ。何人もの部下が同じ部屋にいましたから、ぜひ確認してください。わたしは犯人じゃありません」

「加害者に心当たりは？」

「ありませんね」

「但島は光進精工が派遣従業員に払ってた日給の二、三割を撥ねて、その分をおたくにキックバックしてたんでしょ？」

「それは……」

「調べを進めれば、じきにわかるんだ。正直に答えなさいよ」

真崎が言った。

「娘を大麻取締法違反で検挙しないと約束してくれたら、その件に関して喋《しゃべ》りましょう」

「甘えるな。日本では司法取引は禁じられてるんだ」

「それは知ってるが……」

「いいだろう。正直に喋ってくれたら、娘の不始末には目をつぶってもいい」

不破は言った。

「ありがとうございます。但島社長とピンハネした分を二年半にわたって、山分けしてたことは認めます。総額で五千数百万円、わたしは会社の金を横領しました」

「光進精工の金じゃない。おたくと但島は派遣労働者の賃金を掠《かす》め取ってたんだろうが！」

「そういうことになりますね。その件については、申し開きするつもりはありません」

「当たり前だ。ピンハネした分を但島と折半にしてたんなら、二人の間に特に揉《も》め事はなかったんだな？」

「ええ、そうです。彼とは持ちつ持たれつの関係でしたから、なんのトラブルもありませんでしたよ」

「そうか」

「さきほど犯人に心当たりはないと言いましたが、もしかしたら、但島社長は同業の『東京ブレーンバンク』の関係者に消されたのかもしれません」

百瀬が言った。

「その会社は、俠友会の企業舎弟らしいね」

「ええ、そうなんです。社長の里中圭吾は経済やくざで、俠友会の理事も務《つと》めてるんですよ。但島社長は去年の夏ごろから『東京ブレーンバンク』に難癖をつけられてたようなんです」

「難癖？」

「はい。『東京ブレーンバンク』の登録者を『スタッフプール』が強引に引き抜こうとしたとか何とかね。事実無根らしいんですが、そんな言いがかりをつけられて、逆に『スタッフプール』の登録者をスカウトされてたようですね。里中は、すでに同業のライバル会社を四社ほど廃業に追い込んでるんですよ。俠友会のフロントだということをちらつかせて、『スタッフプール』も倒産させる気だったんじゃないんでしょうか。しかし、但島社長は脅迫には屈《くっ》しなかった。それだから、インテリやくざは『スタッフプール』の経営者をいっそ抹殺《まっさつ》してしまえと短気を起こしたんじゃないんですかね？」

「そのあたりのことを調べてみよう。おたくが但島とつるんで、派遣労働者たちの賃金を搾取《さくしゅ》したことは罪深い。娘のように目をつぶることはできないぞ」

「わかってます。娘のことを見逃してもらえただけで、充分です。わたしは、きちんと罪を償《つぐな》います。自宅を売却してでも、ネコババしたお金は返すつもりでいます」

「そうしてくれ。それでは、これからおたくを神田署に引き渡す。光進精工は神田署の管内だからな」

「神田署に向かいます」

真崎が車を走らせはじめた。

「お世話になります。家内はわたしを軽蔑して、別れてほしいと言い出すかもしれませんね。場合によっては、娘も妻と一緒に家を出ていくでしょう。金に目が眩《くら》んだばっかりに……」

「身から出た錆《さび》だな」

不破は百瀬に言って、前方を見据《みす》えた。

2

所《ところ》班のメンバーは、一様《いちよう》に仏頂面《ぶっちょうづら》だった。

前日、偽情報に翻弄《ほんろう》されたことを腹立たしく思っているにちがいない。

不破はことさら明るく朝の挨拶をして、近くのテーブルについた。捜査本部である。

九時半を回っていた。

ほぼメンバーが顔を揃えている。真崎が不破を見て、目で笑いかけてきた。

昨夜、不破たちは神田署の刑事課長に百瀬常務を引き渡した。常務が但島と派遣労働者たちの賃金の一部を抜き取って着服していた事実を告げた。しかし、百瀬は但島殺害事件に関与していないことを強調しておいた。そうしなければ、神田署が捜査本部に連絡を取ることは明白だったからだ。

常務のひとり娘が麻薬に溺れていることは、むろん黙っていた。司法取引は違法だが、約束を破るわけにはいかなかった。禁じ手を使ったことを打ち明ければ、不破自身も訓告処分を受けることになる。

別段、昇進に響くから、処罰を回避したのではない。嫌いな署長に偉そうなことを言われたくなかったからだ。それに目をかけている真崎の評価が下がることも恐れたのである。

「前捜一課長の容態《ようだい》はどうなのかな?」

不破は、本庁の所警部に声をかけた。所が狼狽《ろうばい》し、自分の部下たちを見た。北浦や相沢が伏し目になった。

「どうなんです?」

「危ない状態は脱したようです。まだ意識は戻ってないんだが、血圧は安定したという報告だから」

「そうですか。前の捜一課長は部下たちに慕《した》われてたんだろうな。きのうは、六係の人たちはほとんど入院先に行かれたんでしょ?」

「ええ、数人ずつね」

「病院は西東京市にあるんでしたっけ?」

「そ、そうです」

「前捜一課長の容態が安定したんだったら、本庁の方たちはまた捜査に熱を入れてもらえるわけだ」

「もちろんです」

「それは心強いな。所警部、やっぱり秋月が臭いんですかね？」

不破は探《さぐ》りを入れた。

「わたしは秋月と未亡人の玲子が怪しいと睨《にら》んでる。不破さんはどう筋を読んでるんです？」

「なんとなく玲子が臭いと思ってたんだが、未亡人が第三者に夫を殺害させた様子はうかがえなかった。あなたに逆らう気はないんだが、秋月はシロだろうね。ただ、別の派遣労働者が但島を殺《や》った可能性はありそうだな」

「そうなんだろうか。わたしは、やっぱり秋月が怪しいと思うんですよね」

所警部が言った。そのとき、相沢刑事が右の頬に手を当て、急に呻《うめ》いた。

「どうした？」

所が相沢に訊《き》いた。

「きのうの晩から虫歯が激しく痛んで、お茶も飲めない状態なんですよ」

「それじゃ、朝飯も喰えなかったんだな？」

「ええ」

「そんなことじゃ、戦力にならんな。すぐに歯医者に診《み》てもらえ」

「しかし、わたしが抜けたら、所轄の不破さんの負担が大きくなりますから」

「こっちのことはお気遣《きづか》いなく。きょうも単独で、聞き込みに回るよ」

不破は相沢に顔を向け、そう声をかけた。

「しかし、それじゃ、悪いな。それに、われわれは殺人捜査のエキスパートなわけですから、所轄の方たちよりは役に立つと思うんですよね」

「田舎侍だって、少しは役に立つと思うな。北浦さん、よく聞いといてよ」

「え？」

北浦が尖《とが》った目を向けてきた。不破は北浦を睨み返した。

「相沢、とにかく歯科医院に行け」

所警部が命じた。

「いいんですか？」

「不破さんはベテランなんだ。きっと有力な手がかりを摑《つか》んでくれるさ」

「そうですかね」

「いいから、歯医者に診てもらえ。それで、きょうは体を休めろ」

「わかりました」

相沢が椅子から立ち上がった。そのすぐ後、黒岩と小池が腰を浮かせた。

「おまえら二人は、秋月の派遣先に行くんだな？」

所警部が黒岩に確かめた。黒岩刑事が無言でうなずいた。相沢、黒岩、小池の三人が団子状になって、捜査本部から出ていった。

「そっちも、朝から腹の調子が悪いんだったな？」

所が部下の北浦に言った。

「そうなんですよ。昨夜《ゆうべ》の赤貝で食中《しょくあた》りしたみたいですね」

「ツイてないな。そういうことなら、きょうも大崎署《こ こ》の真崎君に独歩行《どっぽこう》をしてもらうか？」

「そうしてもらったほうがよさそうだな。くそっ、また催《もよお》してきたな。ちょっとトイレに行ってきます」

北浦が立ち上がり、急ぎ足で廊下に出た。

「わたしの班の者が二人も戦力にならなくなったみたいで、なんか申し訳ないな」

所警部が横にいる大崎署の岩松係長に語りかけた。

「本庁《ホンブ》の有能な捜査員も生身ですから、仕方ありませんよ。それより、『スタッフプール』とライバル関係にある人材派遣会社を洗い直したほうがよろしいんじゃないんですか？」

「捜査班から上がってきた報告によると、特に但島の会社と揉めてた同業者はいないようなんだよな」

「俠友会の企業舎弟の『東京ブレーンバンク』は、同業の人材派遣会社を四社ほど廃業に追い込んでるそうですよ」

「ええ、本多《ほんだ》・牧班《まき》から確かにそういう報告があったな。しかし、『東京ブレーンバンク』はすでに同業のライバル社を四社も潰してるんです。中堅で最も年商を上げてた但島の会社に何か仕掛けたら、魂胆《こんたん》が見え見えでしょ？」

「ま、そうですね」

「『東京ブレーンバンク』の里中社長は、有名大を出てるインテリやくざだって話です。荒っぽい筋者《すじもの》だったら、力ずくで『スタッフプール』を廃業に追い込もうと考えるかもしれないが、経済やくざはもっと悪知恵が発達してると思うな」

「警察に目をつけられるようなことはしないはずだ。所轄部は、そう読まれたわけなんですね？」

岩松が確かめた。

「そうです。わたしは秋月と玲子夫人が臭いと思うな」

「被害者の愛人の仁科梨絵はどうでしょう？」

「これまでの報告によると、但島と愛人との間には何もトラブルはなかったんだよね？」

「ええ、そうです。ですが、仁科梨絵がパトロンに隠れて、別の男性と親しくつき合ってたとも考えられますでしょ？　梨絵はかなりの美人ですからね。いろんな男に言い寄られたりしてたんではないでしょうか？」

「そうなのかもしれないな」

「梨絵は、パトロンが妻にそれなりの慰謝料を払って離婚してくれることを願ってたはずです。しかし、但島は玲子とさっさと別れてくれなかった。別の男にプロポーズされたら、独身女性の心も揺れるんじゃないですかね？」

「はるか年上の女房持ちの男の愛人になるような女は楽して贅沢《ぜいたく》な生活をしたいと思ってたにちがいない。はっきり言えば、パトロンの金が目当てで、世話になってたんでしょう。愛情よりも、打算のほうが大きいはずだ。結婚願望なんて、それほどないんじゃないのかな？」

「そうでしょうか。女性なら、いつかは正式に結婚して、自分の子を育ててみたいと心のどこかで思ってるんではないのかな？」

「昔の女の考えでしょ、それは？　仕事に燃えてる現代女性は妻が子育てを任せられることを不公平だと感じてるから、晩婚化が進んだんですよ。梨絵は結婚になんか憧《あこが》れてないと思うな」

「そうですかね？　でも、たいていの女性は子供のころから一度はウェディングドレスを着てみたいと願ってたんではありませんかね？　そういった憧れはあったはずですよ、どんな女性にもね」

「自信に満《み》ちた言い方だな。岩松さんが予備班の班長になったほうがよかったのかもしれない。筋読みにだいぶ自信がおありみたいですからね。織部署長に言って、立場を逆にしてもらいましょう。あなたが現場の指揮官になれば、事件はたちまち解決しそうだ」

所警部の言葉には棘《とげ》があった。

「わたし、そんなつもりで申し上げたわけじゃないんですよ。どうか誤解なさらないでください」

「しかし、岩松さんはわたしの筋読みにはうなずけないわけでしょ？」

「そういうわけではないんです。さっき口にしたことは、単なる推測、いいえ、勘なんですよ。特に根拠があるわけじゃないんです。所警部が予備班の班長ですんで、もちろん最終判断はあなたが下《くだ》してください。わたしは所さんの指示に当然、従います。感情を害されたんでしたら、わたし、謝ります。ですんで、署長にはどうか何もおっしゃらないでください」

岩松係長がおどおどしながら、所警部を執《と》り成した。

不破は見ていて、上司の岩松が憐《あわ》れになった。しかし、何も言わなかった。岩松を擁護《ようご》したら、さらに上司の立場が悪くなると判断したからだ。

「別にわたし、気分を害してなんかいませんよ。ただ、岩松さんは予備班の主任なんですから、もう少し発言を控えてくれてもよかったんではないかとは感じましたがね」

「よくわかりました。今後は気をつけます」

「岩松さん、そんなにしょんぼりとしないでくださいよ。二人で力を合わせて、犯人《ホシ》を検挙《アゲ》ましょう」

所が岩松の肩を叩き、握手を求めた。岩松が複雑な顔つきで、所の手を握り返した。

他人と適当に折り合ってしまえば、波風は立たない。生きやすいだろう。

だが、いつも本音を心の奥に封じ込めていたら、フラストレーションが溜《た》まるにちがいない。その捌口《はけぐち》を妻や子にぶつけることになったら、見苦しい八つ当たりになってしまう。

なるべく敵を作らないようにすることは、処世術の基本なのかもしれない。しかし、不破は岩松係長のような生き方はしたくないと改めて思った。

「北浦さんの分まで頑張らないとな」

真崎が誰にともなく言って、捜査本部から消えた。不破は煙草《たばこ》を一本喫《す》ってから、椅子から離れた。

大崎署を出て、二百メートルほど裏通りを歩く。真崎は路上に駐《と》めたレンタカーの中で待っていた。前日と同じプリウスだ。

不破は助手席に乗り込んだ。

「相沢と北浦の両刑事、下手《へた》な芝居をうちましたね。あの二人はどこかで合流して、聞き込みに回るんでしょう」

「ああ、それは間違いないだろうな」

「相沢・北浦コンビは、未亡人に貼りつくつもりなんでしょうか。それとも、仁科梨絵をマークするのかな。後者っぽいですね」

真崎が言った。

「なぜ、そう思ったんだい？」

「所警部は仁科梨絵はシロっぽいと言ってましたよね、大崎署《うち》の岩松係長に」

「そうだったな」

「捜査本部《チョウバ》であぁ言ったのは、逆に所警部は被害者の愛人を疑いはじめてるとピーンときたんですよ。不破さんは、どう感じました？」

「真崎と同じだよ。所は秋月をまだ疑ってるようなことを言ってたが、未亡人の玲子と但島の愛人の仁科梨絵を怪しみはじめてるんだろう」

「ええ、そうなんでしょうね。それはそうと、不破さんが偽情報《ガセネタ》に触《ふ》れそうになったときは、ちょっと焦りましたよ。大胆なことをするなと、ひやひやもんでした。でも、そうと覚られないような揺さぶり方をしましたね」

「本庁《ホンブ》の奴らを少し慌《あわ》てさせてやろうと思ったんだが、あれはまずかったかもしれない。所は、偽情報を流させたのはわれわれだと勘づいたんじゃないかな？」

「そうだったとしても、本庁《ホンブ》の連中が情報屋の木戸さんを割り出すことはできないでしょ？」

「と思うんだが、こっちが木戸とは長いつき合いだってことを知ってる警察関係者は少なくないからな。所警部が木戸にたどり着く可能性もあるね」

「それで木戸さんが口を割ったら、ちょっと厄介《やっかい》なことになるな」

「木戸は、おれを裏切ったりしないと思うよ。ただ、彼は叩けば、埃《ほこり》の出る身だからな。木戸はギャンブル好きで、軍資金を顔見知りの風俗嬢たちから借りてるんだよ。借金をきれいにしてない場合は、詐欺罪が適用される恐れもある。桜田門の奴らがそのことを切り札に使ったら、木戸はおれに偽情報《ガセネタ》を流してくれって頼まれたと吐くかもしれない」

不破は言った。

「そうなったら、万事休すですね」

「なあに、こっちはシラを切り通せばいいのさ」

「だけど、ぼくらが本庁の六係を出し抜こうと画策したことがわかっちゃうでしょ？」

「そのときは、そのときさ。開き直ろう」

「ええ、そうしましょう。でも、そうなったら、こっちは自由に動き回って、裏をかくことはできなくなりますよね？」

「そうだな」

「所警部たちに先を越されるのは、面白くないな。北浦刑事は得意顔で、ぼくらをまた田舎侍呼ばわりするでしょうからね」

「騙《だま》し合いのゲームを続行すればいいんだよ、しつこくな。もし木戸が口を割ったら、敵は有力な手がかりを自分たちで握り込んで、所轄の刑事たちをなるべく核心から遠ざけるだろう」

「そうでしょうね。そして、自分たちが先に手柄を立てて優越感を味わうつもりなんだろうな」

「こっちはカムフラージュ工作を見抜いて、逆に裏をかいてやろう。そうすれば、所班のメンバーよりも先に真犯人《ホンボシ》を検挙《アゲ》られるさ」

「なんとか六係の連中の鼻をへし折ってやりたいな。それはそうと、岩松係長、珍しく自分の意見をはっきりと言いましたね。少し見直しましたよ、〝風見鶏《かざみどり》〟を」

「所警部にあそこまで言えたのは、立派だよな。しかし、最後は腰砕《くだ》けになった感じだった。どうせなら、自分の推測を引っ込めるような真似《まね》はしないでほしかったな」

「不破さんは最初っから天《あま》の邪鬼《じゃく》だから、なんか物足りないんでしょうね。しかし、岩松係長があそこまで自己主張しただけで、凄いと思いますよ。ちょっと上から目線でしたね。反省！」

「確かに真崎が言った通りなのかもしれないな。係長は何か心境の変化があって、これからは少しずつ自分の意見を口にしようと思いはじめたんだろうな」

「何があったか知りませんが、きょうの係長はちょっとカッコよかったですよ。署長、副署長、刑事課長の三人は何があっても、長い物に巻かれつづけるでしょうけどね」

「あのトリオは駄目だよ。人間的な魅力がまるでないからな。あの調子じゃ、下の者は誰も従《つ》いていかないさ。当人たちは、うまく部下を束《たば》ねてるつもりでいるんだろうがね」

「不破さん、変わりはじめた岩松係長に花を持たせてやりましょうよ。ぼくら所轄の刑事が本庁の六係を出し抜けば、岩松係長の株も上がると思うんです」

　真崎が言った。

「そうなんだが、係長はありがたがらないんじゃないか。織部署長たち三人は所班に手柄を立てさせたいと願ってるわけだから、係長に点数稼がせたら、岩松いじめがはじまりそうだな」

「あっ、そうですね。それじゃ、署員以外の誰かに花を持たせることにしましょうか」

「いま真崎の頭の中には、早見記者の顔が浮かんでるんだろう？」

不破はにやにやと笑った。

「変なことを言わないでくださいよ。新聞記者は、いつもぼくらの味方ってわけじゃないんです。誤認逮捕や冤罪《えんざい》の件では警察を徹底的に叩いてきました。その点では、敵でしょ？」

「マスコミやジャーナリストの使命は、あらゆる権力に嚙《か》みつくことだからな。それに、警察社会が腐敗してることは事実なんだから、報道関係者に文句は言えないさ」

「ま、そうなんですけどね。それはそれとして、ぼくは公私混同なんかしませんよ。たとえ彼女にスクープしてもらいたいと思ってても、えこひいきは絶対にしません。それは明言できます」

「真面目すぎる！　物事には、すべて裏表《うらおもて》があるんだ。大学の裏口入学や縁故入社なんて序の口で、政治家の票も利害で左右されてる。権力や財力を握った実力者たちはあらゆるコネを使って、汚職をはじめとするさまざまな犯罪を揉み消させてる。世の中は、いんちきだらけなんだ。一般庶民だって、小さな不正は重ねてる。きれいごとを言う奴は、たいがい偽善者だね」

「社会や人間が薄汚れてることぐらい、ぼくだって、知ってますよ。だからって、斜に構えてたら、虚無主義《ニヒリズム》に陥《おちい》っちゃうでしょ？　ニヒリズムからは何も生まれません。せっかくこの世に生まれてきたんですから、愚直なまでに真っ当に生きようと努力してみる。ひとりひとりがそう考えてれば、少しずつでも社会はよくなるはずです」

「青いな。しかし、そういう子供っぽさが大事なんだろう」

「ぼくは、そう信じて生きてるんです」

「わかったよ。こんな青臭い会話は、高校生だって交わさないだろう。気恥ずかしくなるから、そろそろ赤坂の『東京ブレーンバンク』に行こうや」

「了解！」

真崎が屈託《くったく》のない声で言って、レンタカーを走らせはじめた。

赤坂五丁目にある俠友会の企業舎弟を探し当てたのは、二十数分後だった。『東京ブレーンバンク』のオフィスのある雑居ビルの斜め前には、覆面パトカーが停まっていた。

黒いスカイラインには、相沢と北浦が乗り込んでいる。二人は何か話し込んでいて、不破たちの車には気づいていない様子だ。

「急いで車をバックさせて、仁科梨絵の自宅マンションに向かってくれ」

「はい」

真崎がギアをR《リヴァース》レンジに入れ、アクセルを踏み込んだ。

プリウスが数十メートル後退し、そのまま尻《しり》から脇道に入った。真崎が太い吐息を洩らした。

「まいったな。まさか六係の二人に先に張り込まれてるとは思いませんでしたよ」

「こっちもさ」

「『鳥居坂アビタシオン』の前には、黒岩・小池コンビがいたりして……」

「とにかく、梨絵の自宅に行ってみよう」

不破は部下に言った。レンタカーが前進しはじめた。

3

瞼《まぶた》が重くなってきた。

満腹になったせいだろう。不破は坐《すわ》り直した。プリウスの助手席だ。

コンビニエンスストアで買った鮭弁当を平らげたのは、およそ四十分前だ。いまは午後二時過ぎである。

レンタカーは、『鳥居坂アビタシオン』の近くに停めてあった。

仁科梨絵が自宅マンションにいることは、確認済みだった。部下の真崎が貴金属商になりすまして、もっともらしいセールス電話をかけたのである。

「梨絵が何か動きを見せてくれないと、うっかり居眠りしそうだな」

「そうですね。不破さん、眠気覚ましに少し勉強しませんか？」

「勉強だって⁉」

「ええ。新聞に派遣社員の特集記事が載ってたんで、コピーを二部取ったんですよ。ぼくもざっと目を通しただけなんで、記事をじっくり読んでみます」

真崎が上着のポケットから切り抜きの写しを取り出し、一部を不破に差し出した。

不破はコピーを受け取り、記事を読みはじめた。

派遣労働者について、漠然とした知恵は持っていた。しかし、細かいことまではわからなかった。学ぶことが多く、大いに役立った。

派遣社員には、二つのタイプがある。一つは人材派遣会社の正社員で、派遣先企業に勤めるタイプだ。いわゆる〝常用雇用型社員〟である。

もう一つは人材派遣会社に登録されて、仕事があるときだけ派遣先企業で働く〝登録型社員〟だ。前者のタイプは派遣先で仕事にあぶれても、派遣会社の正社員なわけだから、給料は保障される。

だが、〝登録型社員〟にはそうした保障はない。登録している人材派遣会社が次の働き先を見つけてくれない限り、無職と同じだ。それだけ不安定な働き方と言えるだろう。

このタイプの派遣労働者の賃金は日給換算で、派遣料金の七割前後だ。残りは人材派遣会社の取り分になるのだが、経費を負担しなければならない。利益は約半分と言われている。

しかし、悪質な派遣会社は派遣先企業との間で交わした〝労働者派遣契約〟を見せなかったり、賃金を低く改ざんしている。そうすることによって、日給の差額分を浮かせるわけだ。

派遣社員の労災保険や健康保険などの加入義務は、人材派遣会社に課される。有給休暇を設けるのも、人材派遣会社の責任だ。企業で正社員と派遣社員が同じ仕事をしていても、給料、休日日数、社会保険料はまったく異《こと》なる。

ほとんどの場合、派遣社員は派遣先企業の福利厚生の恩恵には浴せない。社員食堂で同じメニューを選んでも、正社員よりも代金は高くなる。

なぜ、こうなってしまったのか。

本来、戦後の労働法は企業による直接雇用を原則としてきた。中間搾取や人身売買が横行した戦前の悲劇を繰《く》り返さないための改正だった。だが、社会状況が変わってきた。

一九八〇年代になって機械化や電算化が進み、職の専門化がはじまった。労働者側の意識も変わった。一つの会社に忠誠を尽くすよりも、自分のライフスタイルを大事にしたいと考える若年層が増えた。

そこで、一九八五年に労働者派遣法が制定された。施行は翌年の七月だ。直接雇用でない働き方が法律で認められたわけである。

派遣業種は十六業務と少なく、施行当時は人材派遣会社は三千九百社にも満たなかった。派遣労働者数も約十四万五千人で、売上高は二千億円弱だった。

その後、派遣法は拡大され、二〇〇四年三月からは〝製造現場〟への派遣も解禁された。現行法では、なんと専門の二十六業務の派遣が認められている。

その内訳はソフトウエア開発、機械設計、放送番組等演出、事務用機器操作、通訳、翻訳、速記、秘書、ファイリング、調査、財務処理、取引文書作成、添乗、建築設備、運転、点検、整備、案内、受付、駐車場管理等、研究開発、事業の企画・立案、書籍等の制作編集、広告デザイン、アナウンサー業務などだ。この二十六業務の派遣期間の制限はない。他の仕事は最長三年間と定められている。

厚生労働省の発表によると、二〇〇七年度の人材派遣会社は約五万社にのぼり、売上高はおよそ六兆四千六百億円だ。

めざましい成長ぶりだが、一九九九年以降、景気の悪化で〝派遣切り〟〝雇い止め〟といった派遣社員の雇用問題が急浮上するようになった。企業側は内部留保の金が減ることを恐れ、人員削減を図りはじめたのだ。

法的には違約金さえ払えば、派遣契約を途中解約できる。つまり、景気の動向に合わせて、従業員の増減が可能なわけだ。しかも派遣社員には、福利厚生費、ボーナス、退職金などは払う必要がない。手っ取り早く企業は人件費の節減ができる。

ことにメーカーの派遣労働者は、首切りの対象になりやすい。自動車メーカーや家電メーカーの大半は人材派遣会社と三カ月とか六カ月単位で派遣契約を結ぶ。派遣社員たちは契約満了日が近づくたびに、〝雇い止め〟の不安にさいなまれる。

日雇い派遣で働いている者は、もっと不安定だ。月のうち、何日仕事があるかわからない。日雇いの場合、平均日給は九千五百円だ。しかし、そこから人材派遣会社に税金や手数料を差し引かれる。手取りは七千円そこそこになってしまう。

毎月十五日ほど仕事を回してもらえても、月給十万円強だ。働いても生活ができないのではないか。リーマン・ショックによる景気の暗転をきっかけに〝派遣切り〟が急増し、日雇い派遣労働者たちは〝ワーキングプア〟になっている。

厚労省は今年三月末までに十二万五千人程度の派遣労働者が失職すると推定しているようだ。しかし、民間のシンクタンクなどは、少なくとも四十万人の失業者が出ると分析《ぶんせき》している。

不破は新聞の切り抜きのコピーを下げ、溜息《ためいき》をついた。

「ひどい世の中になったもんですね。アメリカの強欲資本主義に引きずられた日本の経済人や金融人、それから政治家と官僚がしっかりしてれば、こんなことにならなかったんだと思いますよ」

真崎が言った。

「悪いのは舵《かじ》取りをしてた連中ばかりじゃないな。一般の国民だって、いつの間にか、拝金主義者になっちまった。他人《ひと》のことなんかちっとも考えないエゴイストだらけになってしまったからな」

「そうなんでしょうね。社会を構成してる国民の多くが世の中のシステムがおかしいと思いながらも、政治に絶望して、何も変革しようとしなかった。政治家たちは政局争いに明け暮れ、エリート官僚たちは高い俸給を貰い、さらに天下《あまくだ》り先で甘い汁を吸おうとしてる。大企業は内部留保の金をキープすることを第一に考えて、情《なさ》け容赦《ようしゃ》なくリストラしてる」

「そうだな」

「日本でも屈指《くっし》の大企業は株主に充分な配当を払って、正社員に驚くような高給を与えても、それぞれが十兆円前後の内部留保を有してるんです。そのうちの一、二割を吐き出すだけで、下請けや孫請け会社を苦しめなくても済むはずです。もちろん、派遣の期間工もそのまま雇えるでしょう。それができなくても、大企業はワーキングシェアすべきですよ。下請け、孫請け、派遣労働者の支えがあったからこそ、巨額の余剰金をプールできたわけですからね」

「真崎の言う通りだな。まさに正論だよ。大企業の重役連中の役員報酬は四割ぐらいカットしてもいいと思うが、中間管理職以下の社員たちの給料が仮に二割下がったとしたら、年俸七百万円の場合は百四十万円も収入が少なくなる。住宅ローンを抱え、子供を二人育ててるサラリーマンが年収五百六十万円で遣《や》り繰りするのは楽じゃないだろう？」

「そうでしょうね」

「正社員の給料を下げて、派遣社員とワークシェアリングすればいいという考え方は少し乱暴だな。大企業に就職できた正社員たちは受験勉強を重ねて名のある大学に進んで、激烈な入社試験に通ったにちがいない。青春時代に失ったものも少なくないはずだよ」

「そこまで犠牲を払って安定した大企業の正社員になったんだから、派遣労働者のために割を喰いたくないってことですね？」

「そうは言ってないよ。正社員たちも、それぞれ家族を背負って生活してるんだ。だからな、外野で無責任にワークシェアリングすればいいなんて簡単に言うべきじゃないってことさ」

「でも、同じ会社で働いてる仲間でしょ？　だったら、〝派遣切り〟をする会社の方針にせめて異論を唱《とな》えるべきですよ」

「真崎はまだ独身だから、そういう勇ましいことが言えるんだ。勤め人が会社に睨まれたら、閑職に追いやられることが多い。それでも図太く構えてられりゃいいが、普通はかなり落ち込む。しかし、女房や子供を喰わせていかなければならないから、辞表は出せない。たとえ依願退職しても、次の働き口が見つかるとは限らないからな」

「ええ、大変な不況ですんでね」

「あれこれ思い悩んでるうちに、心のバランスを崩してしまうかもしれない。そうなったら、家族はたちまち暮らしに困る。だからな、家族を背負ってる勤め人は軽々しく会社と喧嘩《けんか》はできないんだよ。哀《かな》しいことだが、給与生活者は誰も同じさ。自営業や自由業に携わってる者は組織の中で生きてるわけじゃないから、いつでも尻《けつ》を捲《まく》れるけどな。しかし、彼らだって、そうしたら、生活の糧《かて》を得られなくなる。資本主義社会で生きてる限りは、自分の力で餌《えさ》を確保しなければ、餓死しちまうんだよ」

「だからって、パンにありつけない人間を見殺しにしていいってことにはならないでしょ？」

「ああ、それはな。ただな、他人に情けをかけるときは、まず自分が真っ先に犠牲を払うものだよ。要領のいい成功者を非難する前にな。経営者、株主、正社員が少しずつ自分の取り分を減らして、非正規労働者を支えるべきだと思うよ。こんな偉そうなことを言える人間じゃないんだけどさ、おれはそう考えてるんだ。考えてるだけで、人の役に立つことは何もしてないんだがね」

不破は言い訳した。少し恥ずかしかった。

「ぼくは、まだ稚《おさな》いな。不破さんの含蓄《がんちく》のある言葉を聞いて、なんか恥ずかしくなってきました。まだまだ未熟だな」

「下手に成熟なんかしないほうがいいんだよ。妙に物分かりのよくなった大人は、たいてい狡猾《こうかつ》になってるからな。真崎の青っぽさは貴重だよ。この切り抜きの写し、貰っとくぞ」

「ええ、どうぞ」

真崎がコピーを折り畳み、上着のポケットに突っ込んだ。不破は部下に倣《なら》った。

高級賃貸マンションの表玄関から仁科梨絵が現われたのは、それから数分後だった。着飾って、きれいに化粧をしている。誰かと会うことになっているのか。

梨絵は外苑東《がいえんひがし》通りに向かって歩きだした。

弾んだ足取りだった。表情も明るい。

「彼女は男とデートすることになってるのかもしれないな。尾けてくれ。梨絵が地下鉄に乗った場合は、おれが尾行する。真崎は車の中で連絡を待っててくれ。移動先を教える」

不破は部下に指示した。

真崎が短い返事をして、プリウスを静かに走らせはじめた。

梨絵は外苑東通りでタクシーを拾った。尾行開始だ。梨絵を乗せたタクシーは六本木交差点を通過し、そのまま直進した。青山通りを右折し、赤坂見附で今度は左に曲がった。

「行き先は四谷あたりなのかもしれません。あるいは、新宿なんですかね？」

真崎が低く呟き、タクシーを追尾しつづけた。

タクシーは四谷から靖国通りを道なりに走って、新宿の歌舞伎町の横を抜けた。梨絵がタクシーを降りたのは、西口にある高層ホテルの前だった。

「車を適当な場所に駐めてきてくれ」

不破はレンタカーを降り、梨絵の後《あと》を追った。

梨絵はホテルの広いロビーを進み、フロントの右手にあるティールームに入っていった。嵌《は》め殺しの仕切りガラスは素通しだった。ロビーから店内は丸見えだ。

不破は観葉植物の鉢《はち》のそばにたたずみ、ティールームの中をうかがった。

梨絵は奥まった席まで歩き、軽く片手を挙げた。三十七、八歳の男が笑顔を向けた。商社マン風で、仕立てのよさそうな紺系のスーツに身を包んでいる。

梨絵が、その男の前に坐った。

二人は親しげに見えた。男が右腕を掲《かか》げ、ウェイターを呼び寄せた。

梨絵がメニューを覗き込み、飲み物をオーダーした。ウェイターが恭《うやうや》しく頭を下げ、じきに下がった。

男が何か語りかけながら、ごく自然に梨絵の手を握った。女馴れしている様子だった。梨絵は嬉しげに相手の顔を見つめている。男にのめり込んでいるようだ。

背後で足音がした。

不破は振り向いた。斜め後ろに真崎が立っていた。

「レンタカー、ホテルの従業員に身分を明かして、ロータリーの端に駐めさせてもらいました」

「そうか」

「仁科梨絵と向かい合ってる男は、彼女の彼氏っぽいな。二人は他人じゃない感じですね。梨絵はパトロンだった但島に隠れて、あの男とちょくちょく密会してたんじゃないのかな。ラブラブって感じだから、きっとそうですよ」

「ちょっと退《さ》がろう」

不破は真崎に言って、後方のサークルソファまで後退した。レリーフのあしらわれた大理石の支柱を取り囲む形で、円形のソファが設けられている。

二人は並んでソファに腰かけた。梨絵のいる位置からは、見にくい場所だった。

「彼氏らしい男は一流企業の社員っぽく見えるが、どことなく少し崩れた印象も与えるな。そっちには、どう映ってる？」

不破は真崎に訊いた。

「そう言われてみると、確かにサラリーマンとは少し感じが違いますね。目の配り方が、その筋の人間っぽいな。でも、やくざじゃなさそうですしね」

「昔と違って、最近は堅気にしか見えない組員もいるからな。経済やくざなんか銀行員みたいな地味な髪型や服装をしてるから、一般の人間はアウトローと見抜けないだろう」

「ええ。大学を出ても就職活動がうまくいかなくて、組関係の企業舎弟に入った者もいるみたいですから、堅気《ネス》っぽい組員が増えたのかもしれません」

「学生時代にベンチャービジネスに乗り出して、闇ファンドから事業の運転資金を融資してもらってるうちに組の幹部に取り込まれて、企業舎弟《フロント》になったケースもあるようだ」

「商社や銀行のディーリングルームで働いてた人間が破格の高給でスカウトされて、暴力団の息のかかった企業に移ったという話も聞いたことがありますよ」

「それに似た話は、こっちも幾《いく》つか知ってる」

「梨絵と一緒にいる奴がインテリやくざだとしたら、但島を撲殺《ぼくさつ》した可能性もあるんじゃないですか？」

「やくざは殺人《コロシ》が割に合わないことをよく知ってるから、よっぽどの理由がなければ、そんな犯行《ヤマ》は踏まないさ」

「ま、そうでしょうね。しかし、梨絵と向かい合ってる男がどうしても彼女を独占したくなったとしたら、人殺しもやっちゃうんじゃないのかな？」

　真崎が言った。

「あの男がインテリやくざだとしたら、ちょっと組の名を出して凄《すご》めば、堅気はビビるだろうが？」

「若い奴なら、それだけで震え上がるかもしれませんね。しかし、殺された但島は五十一でしたし、金儲《もう》けのためなら、平気で違法すれすれのこともやってたような男でしょ？」

「ああ、海千山千だったにちがいない」

「そんな男がインテリやくざに脅されたぐらいじゃ、愛人の梨絵を譲ったりしないでしょう？」

「だろうな。逆に但島なら、相手を威嚇《いかく》するかもしれない」

「不破さん、そうだったんじゃないんですか？」

「梨絵とお茶を飲んでる男は堅気の但島に反対に凄まれて、やくざの体面《メンツ》が立たなくなった。で、後日、梨絵のパトロンを金属バットでめった打ちにした？」

「ええ、もしかしたらね」

「真崎の推測通りだったとしたら、正体のわからない男は派遣労働者の秋月と何らかの形で結びついてるはずだ。凶器の金属バットは、秋月の自宅アパートの近くの建築資材置き場に遺棄《いき》させられてたわけだからな」

「そうなりますね。梨絵の彼氏らしい男は人材派遣会社のスタッフで、かつて秋月はその会社に登録してたとは考えられませんか？」

「こじつけっぽいが、まるっきりリアリティーのない推測じゃないね。派遣労働者たちは、五年も十年も同じ人材派遣会社にずっと登録しつづけてるわけじゃないだろうからな」

「そういうことは少ないと思います」

「だよな」

　不破は口を閉じた。

　梨絵が連れの男とほぼ同時に腰を上げたのは、およそ二十分後だった。真崎がティールームの出入口に素早く走り、一眼レフのデジタルカメラで三十七、八歳の男の顔を盗み撮《ど》りした。

梨絵たち二人は腕を絡《から》め、エレベーターホールに向かった。エレベーターは四基あったが、迂闊《うかつ》に二人には近づけない。

ほどなく梨絵たちは函《ケージ》に乗り込んだ。不破たちは、エレベーター乗り場に駆け込んだ。梨絵と男を載せた函は二十三階に停まった。

「二人は部屋で甘やかな一刻《ひととき》を過ごすようだな。フロントに行って、男のことを訊いてみよう」

「はい」

二人はフロントに足を向けた。

不破は、四十歳前後のフロントマンに警察手帳を呈示した。

真崎がデジタルカメラのディスプレイに少し前に盗撮した画像を再生させ、フロントマンに見せる。

「このカップルのどちらかが、二十三階の部屋を取ったんでしょ?」

「予約をなさったのは男性の方でした」

「この男の氏名と現住所を教えてくれないか」

「お客さまの個人情報に関するご質問には、お答えできない規則になってるんですよ」

「写ってる男は、殺人犯かもしれないんだ。なんとか協力してほしいな」

不破は粘《ねば》った。フロントマンは少し迷ってから、カウンターの下の端末のキーボードを操作しはじめた。不破たちは待った。

「お客さまのお名前は、鈴木一郎《すずきいちろう》さまですね。ご住所は千代田区丸の内一丁目三十×番地になっていますね。年齢は三十七歳です」

「年齢以外は、でたらめ臭いな。二人はちょくちょくこのホテルを利用してるのかな？」

「四カ月ほど前から月に三、四回、ご利用いただいています。毎回、ツインルームを使われて、お泊まりになったり、真夜中にチェックアウトされたりですね」

「料金はどっちが払ってるのかな？」

「いつも男性の方が……」

「そう。ありがとう」

不破は謝意を表し、フロントから離れた。

真崎がすぐに追ってきた。

「やっぱり、二人は深い仲でしたね。梨絵はパトロンに隠れて、写真の男ともつき合ってたんだな。女は怖《こわ》いですね。なんか女性不信に陥りそうだな」

「マドンナ記者は信じてもいいと思うよ。梨絵たちが出てくるのを待ってられないから、赤坂の『東京ブレーンバンク』に行ってみよう」

「本庁《ホンブ》の北浦・相沢コンビがいなかったら、里中社長に探りを入れてみるんですね？」

「そうだ」

不破は急ぎ足になった。

4

捜査車輛は見当たらない。

どうやら本庁の北浦・相沢コンビは張り込みを切り上げたようだ。赤坂五丁目の裏通りである。

「車を出してくれ」

不破は真崎に命じた。

真崎がプリウスを発進させ、五、六十メートル先の雑居ビルの前まで走らせた。

雑居ビルの七階には、『東京ブレーンバンク』のオフィスがある。不破たち二人はレンタカーを降り、茶色い雑居ビルに足を踏み入れた。テナントは弁護士事務所、貿易会社、税理士事務所、芸能プロダクションとさまざまだった。

不破たちはエレベーターで七階に上がった。

目的の人材派遣会社は、エレベーターホールの右手にあった。七階フロアの三分の一を占めていた。
出入口のそばに小さな受付がある。乳房に似た形のブザーを押すと、事務フロアから
しかし、誰もいなかった。
二十三、四歳の女性社員が姿を見せた。ごく普通のOLにしか見えない。
「大崎署刑事課の者なんですが、里中社長にお目にかかりたいんですよ。取り次いでもらえるかな？」

不破は姓を告げ、女性社員に言った。

「あのう、ご用件をうかがわせていただいてもよろしいでしょうか？」

「単なる聞き込みなんだ」

「そうですか。少々、お待ちになってください」

相手が事務フロアの奥に向かった。社長室は奥まった場所にあるらしい。

「社員たちは組員じゃないようですね」

横にいる真崎が事務フロアを眺め渡し、小声で言った。

「平社員たちは堅気なんだろう。しかし、幹部社員たちは里中の舎弟なんだと思うよ」

「でしょうね。社長が面会を渋るようなら、ちょっと怪しいと考えてもいいんじゃないですか？」

「ここの社長が事件に関与してるとしたら、面会には応じるはずだよ。逃げ回ったら、余計に不審がられるからな。裏社会の人間は、そのあたりのことはよくわかってるんだ」

「あっ、そうか。ぼくは、まだ読みが浅いな」

「そのうちに、犯罪者たちの心理が手に取るようにわかるようになるさ」

不破は部下を励ました。それから間もなく、応対に現われた女性事務員が戻ってきた。

「お目にかかるそうです。社長室にご案内します」

「よろしく！」

不破たちは女性事務員の後《あと》に従った。事務フロアにいる十数人の社員たちが一斉に椅子から立ち上がって、来訪者に会釈《えしゃく》した。

不破たち二人も彼らに目礼した。企業舎弟だけあって、社員教育は行き届いているようだ。

女性事務員がノックをして、社長室のドアを開けた。

「どうぞお入りになってください」

「ありがとう」

不破は社長室に入った。真崎も入室する。

社長の里中圭吾は執務机に向かって、何か書類に目を通していた。不破たちはおのおの警察手帳を呈示し、姓だけを名乗った。

「ご苦労さまです。そちらで話をうかがいましょうか」

里中が椅子から腰を浮かせ、応接セットを手で示した。象牙色《ぞうげいろ》の総革張りのソファが置かれている。ガラストップのコーヒーテーブルも安物ではない。

不破は部下とドア寄りのソファに並んで腰かけた。里中社長が不破の前に坐る。

どこから見ても、堅気にしか見えない。顔も理智的だ。背広やネクタイも派手ではなかった。

「数日前の夜、『スタッフプール』の但島社長が何者かに撲殺された事件はご存じですよね？」

不破は切り出した。

「知ってますよ、テレビや新聞で派手に報じられましたからね。その事件にわたしが関わってるのではないかと……」

「これまでの捜査で、里中さんが同業の人材派遣会社四社を廃業に追い込んだということはわかってるんですよ」

「ええ、それは事実です」

「ライバルたちを潰しておかないと、派遣業界で生き残れないと考えた。で、狙った四社の経営者のスキャンダルを握って、自主廃業を迫ったのかな？」

「別に社長たちの私生活の醜聞《スキャンダル》をちらつかせたわけじゃありません。わたしが俠友会の理事のひとりなんで、世間の連中はいろいろ噂するでしょうが、チンピラじゃない。廃業に追い込んだ四社の社長は、日雇い派遣で働いてる登録者に日給五千三百円前後しか払ってなかったんですよ。派遣先企業からは、ちゃんと日当一万二千円以上も貰っておきながらね。わたしたちの仕事は紹介業ですから、手数料を貰うことは当たり前です。だからって、日当の半分以上も掠めるのはあこぎ過ぎますよ。やくざだって、そんな汚いことはしません」

「要するに、あなたは俠気《おとこぎ》を発揮して、あくどい業者を廃業に追い込んだだけだとおっしゃるわけだ？」

「その通りです。人材派遣会社は、全国に五万三千社近くあるんですよ。四社や五社、同業者を蹴落《けお》としたところで、生き残れやしません」

「ま、そうでしょうがね。『スタッフプール』は中堅ながらも、光進精工など一流メーカーに喰い込んで、年々、売上高を伸ばしてきた。但島の会社を倒産させて、派遣先企業をそっくりいただいちゃえば、こちらの会社の業績はアップするでしょ？」

「それだから、わたしが若い者《もん》を使って、但島社長を殺《や》らせたとでも考えてるんですか？」

「そういう推測もできるでしょ？」

「刑事さん、わたしは不良上がりの武闘派ではありません。そんな荒っぽい方法で金儲けなんかしませんよ。これでも、商学部を出てるんです」

「もっと頭を使って、侠友会の金を膨《ふく》らませてる？」

「ま、そうですね。わたしが堅気じゃないからといって、そんなふうに疑われるのは心外ですね。それに、この会社はまともなビジネスをしてるんです。後ろ暗いことなんかやってませんよ。だから、一流の各製造会社が『東京ブレーンバンク』の派遣労働者たちをたくさん雇ってくれてるわけです。それから、あこぎなピンハネもしてないから、多くの働き手がこの会社に登録してるんでしょう」

里中が誇らしげに言って、葉煙草《シガリロ》に火を点《つ》けた。

真崎が目顔《めがお》で発言を求めてきた。不破は無言でうなずいた。

「派遣先の各メーカーは、里中社長が侠友会の理事を務めてることは知ってるんでしょ？」

真崎が問いかけた。

「そのことはご存じだと思いますよ。こちらから、わざわざ侠友会の名を出したことは一度もないけどね」

「先方は、こちらの会社が侠友会の企業舎弟なんで、あなたを怒らせたくなくて、

「うちの会社の登録者たちを雇ってくれたんではないかと言いたいんだね？」

渋々……」

「ええ、まあ」

「最初は、そうだったのかもしれない。しかし、こちらで送り込んだ派遣社員たちが真面目に働いてくれた。それで、各社の担当の方は『東京ブレーンバンク』を見直してくれたんだろうね。繰り返すが、このビジネスは正業なんだよ。疚《やま》しいことなんか何もやってない」

「そうおっしゃられても……」

「企業舎弟《フロント》を色眼鏡で見ないでほしいな。非合法ビジネスをしてる企業舎弟があることは認めるよ。しかしね、堅気と同じように真面目なビジネスをしてる会社も増えたんだ。裏ビジネスはリスキーだから、正業に精出したほうが利口だと考えるようになった組織が多くなったんだよ」

「そういう傾向はあるんでしょうが、暴力団はどこも法に触れる裏商売で軍資金を増やしてきたから、堅気と同じように正業にいそしんでると強調されても、その話を鵜《う》呑《の》みにはできないんですよ」

「そう思ってるんだったら、それでもいいさ。けどな、こっちは別にいい子ちゃんぶってるわけじゃねえんだ」

　里中が葉煙草の煙を吐き出しながら、低く吼《ほ》えた。尖らせた目には、やくざ特有の粘っこい光が溜まっていた。

　真崎が目を逸らす。さすがに相手に気圧《けお》されてしまったのだろう。

「社長、凄むなよ。連れは、まだ若手なんだからさ」

　不破は助け船を出した。

「つい感情的な物言《ものい》いをしてしまいました。大人げなかったですね。やくざは堅気衆にさんざん迷惑をかけてきたんで、嫌われても仕方ないんでしょう。しかし、正業でそれなりに頑張ってる人間だって、少なくないんですよ。筋者も人の子です。自分の子に肩身の狭い思いをさせて、平気でいられる親なんかいません」

「そうだろうな」

「組織を維持するためにはダーティー・ビジネスをすべて辞めるわけにはいきませんが、どの団体も正業に力を入れはじめてるんです。そのことは事実なんですよ。だから、偏見は持たないでほしいんです」

「部下がデリカシーのないことを言ったかもしれないが、それはこっちの責任だ。先輩の指導がまずかったんだよ。申し訳ない」

「不破さんには、なんの責任もありませんよ。ぼくの神経がラフだったんです」

　真崎が言った。

不破は、すぐに部下を黙らせた。

真崎がうなだれた。里中社長がシガリロの火を消しながら、不破に和《なご》んだ顔を向けてきた。

「お連れの若い方をさりげなく庇《かば》うなんて、なかなか大人ですね。わたしなんか、まだ若造です。痛いとこに触れられると、つい声を荒らげてしまう。なんかみっともないな」

「そんなふうに自分を客観視できる社長のほうこそ、はるかに大人だよ。ところで、殺された但島の評判はどうだったのかな？」

不破は話題を転じた。

「同業者たちの評判はあまりよくなかったですね。わたし自身は『スタッフプール』の社長とは派遣業者の会合でよく顔は合わせてましたが、個人的なつき合いはなかったんですよ」

「そう」

「でも、但島社長が派遣企業の窓口の担当社員や役員に取り入って、リベートの類《たぐい》をこっそり渡してるという噂話は耳に入ってました。それから、奥さんに『グロリアエステート』という家賃保証会社をやらせて、〝ゼロゼロ物件〟に入居したフリーターたちを半年足らずで部屋から追い出させてるって話も聞いてました。ワーキングプアと呼ばれてる者たちは、社会的弱者なんです。そんな彼らを喰い物にしちゃいけませんや」

「やくざも麻薬ビジネスや管理売春なんかで、あくどく稼いでるがね」

「耳が痛いな。しかし、ドラッグに溺れた奴らの多くは自ら地獄に嵌まったんです。売春婦たちも強要されたんではなく、割り切って体を売ってるんですよ。貧しい連中を騙してるわけではありません。自己弁護でしょうかね？」

「そのことは横に措《お》いておこう。それだけ評判が悪かった但島なら、登録者や同業者からも恨《うら》まれてたと思うんだ。社長、但島と何かで揉めてた奴を知らないかな？」

「いろんな人間に嫌われてたんでしょうが、但島を殺したいほど憎んでた奴は知りませんね」

「そう。この会社に秋月辰典って派遣労働者が登録したことはあるかい？」

「さあ、どうなんだろうな。なんなら、登録者のリストを検索してみましょうか」

「そうしてもらえると、ありがたいな」

「わかりました」

里中がソファから離れ、執務机に足を向けた。

不破は真崎に目配せした。真崎が心得顔で立ち上がり、執務机の背後に回り込んだ。

里中が肘《ひじ》掛け椅子に坐り、パソコンのキーボードを指で叩きはじめた。真崎が里中の肩越しにディスプレイを覗き込む。

不破は煙草をくわえ、脚《あし》を組んだ。

一分が経過したころ、真崎が黙って首を横に振った。登録者名簿に秋月の名は入っていなかったのだろう。梨絵と一緒だった三十七、八歳の男と秋月には接点がなさそうだ。

となれば、彼が但島撲殺事件に関わっている疑いはないと考えるべきだろう。梨絵はパトロンに内緒で彼氏を作ったことを知られ、二者択一を迫られたのか。そして、但島とは別れる気になった。

だが、パトロンは梨絵を自由にしてくれなかったのかもしれない。梨絵は、やむなく犯罪のプロに但島の始末を依頼した。彼女は秋月がパトロンに悪感情を持っていたことを知っていたのではないか。

そう考えれば、血糊《ちのり》の付着した金属バットが秋月の自宅アパートの近くの建築資材置き場で発見されたことも納得できる。

ただ、腑に落ちない点もあった。梨絵はその気になれば、身を隠すこともできたわけだ。殺し屋の手を借りてまで、パトロンの但島を葬《ほうむ》る必要はないのではないか。

頭が混乱してきた。不破は短くなったセブンスターの火を消した。

そのとき、里中が口を開いた。

「登録者のリストに、秋月辰典の名は入ってませんね。うちの会社には一度も登録してないと思います」

「そうなんだろうな。社長、但島には若い愛人がいたんだよ。仁科梨絵という名なんだが、その名に聞き覚えは？」

「ないですね。その愛人が怪しいんですか？」

「そういうわけじゃないんだ。お忙しいところを申し訳なかったね。もう引き揚げます」

不破は立ち上がって、部下に合図した。真崎が里中に礼を述べ、大股で歩いてきた。

二人は社長室を出て、『東京ブレーンバンク』を辞した。エレベーターホールに着くと、部下が顔を向けてきた。

「どうですか？　里中は事件に無関係なんですかね」

「まだ何とも言えないな。仮に里中が但島殺しに関与してたとしても、実行犯じゃないだろう。経済やくざがわざわざ自分の手を汚すとは考えにくいからな」

「ええ、そうですね。それで不破さんは、事件当夜の里中のアリバイを探りもしなかったんだ？」

「その通りだよ。新宿の高層ホテルに引き返して、梨絵の彼氏らしい男の正体を突きとめよう」

不破は函《ケージ》に先に乗り込んだ。真崎が倣う。

二人は一階に降り、雑居ビルを出た。

すると、レンタカーの後ろに黒いキャップを被った男が立っていた。時代遅れのデザインの濃いサングラスで目許《めもと》を隠している。顔かたちは判然としなかったが、その体型には見覚えがあった。

だが、不破はとっさには思い出せなかった。

不審な男はプリウスのナンバープレートを覗き込み、手帳に何か書き込んでいた。ナンバーをメモし、レンタカーの借り主を調べる気なのだろう。

「キャップの男、なんか怪しいですね。但島を殺《や》った犯人なのかもしれませんよ。ちょっと職質してみます」

真崎が言うなり、勢いよく走りだした。

その気配で、不審者が顔を上げた。次の瞬間、慌てて逃げだした。すぐさま真崎が怪しい男を追う。不破も駆けはじめた。

黒いキャップを被った男は、おそろしく逃げ足が速《はや》い。みるみる後ろ姿が小さくなっていく。

「真崎、なんとか取っ捕まえてくれ」

不破は全速力で疾駆《しっく》しながら、前を行く部下に叫んだ。

真崎は返事の代わりに片手を挙げ、スピードを上げた。だが、不審者はさらに遠ざかった。

不破は、だんだん胸苦しくなってきた。いまにも息が上がりそうだ。

四十代の半《なか》ばを過ぎてからは、めったに駆けることはなくなっていた。脚の筋肉はすっかり衰えている。

幾度《いくど》も攣《つ》れそうになった。足が縺《もつ》れそうになったとき、前方で真崎が短い叫び声を放った。急ブレーキ音も聞こえた。

不破は立ち止まった。

真崎の目の前には、宅配便トラックが見える。横向きだった。脇道から走り出てきて、危うく真崎を撥ねるところだったらしい。

「おい、大丈夫か？」

不破は真崎に駆け寄った。

真崎はトラック運転手に大声で注意を与え、前方に目を向けていた。

不審な男の姿は掻《か》き消えていた。急いで追っても、もう無駄だろう。

「どこも傷めなかったようだな」

不破は真崎に声をかけた。

「ええ、なんともありません。横から飛び出してきたヤマネコ便のトラックとは接触しませんでしたから」

「それはよかった」

「怪しい奴に逃げられてしまって、すみませんでした。逃げ足が速いんで、なかなか距離を縮めることができなかったんですよ」

「突風《とっぷう》みたいな奴だったな」

「そうですね。不破さん、逃げた奴はもしかしたら、本庁《ホンブ》の六係の誰かなんじゃありませんか？　所警部がぼくらの抜け駆け作戦を見破って、部下の誰かに偵察させる気になったのかもしれませんよ」

真崎が言った。

そのとき、宅配便トラックの運転席から二十六、七歳の男が降りてきた。

「ごめんなさい。うっかり角で一時停止しなかったもんですから、お怪我はありませんでしたか？」

「ああ、無傷だよ」

「後《あと》でどこかが痛みだすかもしれませんから、わたしの名刺をお渡ししておきますね」

「大丈夫だって。今度は、しっかり運転してくれよな。それで、充分さ」

真崎が相手に言って、体の向きを変えた。ドライバーが安心したような顔つきで、またもや謝罪した。

「車に戻って、仕事をつづけろよ」

不破は運転手に穏《おだ》やかに言い、部下と肩を並べて歩きだした。

# 第五章　密約の綻《ほころ》び

## 1

一瞬、わが目を疑った。

しかし、幻覚ではなかった。あろうことか、フロントの近くに本庁の北浦と相沢が立っていた。新宿西口の高層ホテルである。

不破はロビーの中ほどで部下の肩に片腕を回し、体をターンさせた。

「急にどうしたんです!?」

「振り向かないで、いったんホテルを出るんだ。フロントのそばに、北浦と相沢がいる」

「えっ!?」

「とにかく、外に出よう」

「はい」

真崎の声は掠《かす》れていた。だいぶ驚きが大きかったようだ。

二人は回転扉を抜けて、車寄せの端まで歩いた。生暖かい風が吹いている。これからは、日ごとに春めいてくるのだろう。

「六係の二人がいるってことは、逃げたサングラスの男はやっぱり本庁《ホンブ》の誰かだったんでしょうね？」

真崎が言った。

「それはまだわからないが、逃げた奴はおれたちを『鳥居坂アビタシオン』の前から尾行してたにちがいない。そして、梨絵たち二人が二十三階のツインルームに入ってから、赤坂の『東京ブレーンバンク』に行ったことも確認したんだろう」

「北浦・相沢コンビに教えたんでしょう。で、二人はこのホテルに来たにちがいありませんよ。桜田門の連中に、こちらの動きがわかってしまったんですね。まいったな。北浦刑事たちが梨絵たち二人に任意同行を求めたら、向こうに先を越されちゃうでしょ？」

「真崎、落ち着けよ。北浦たちが任意同行を求める気でいるんなら、二十三階の部屋に直行するはずだ」

「そうか、そうでしょうね。ロビーで張り込んでるってことは……」

「北浦たちも、梨絵と一緒にいる男の正体を突きとめてから、次のステップを踏むつもりでいるのさ」

「ええ、そうなんでしょうね。本庁の二人をなんとかホテルから追い払いましょうよ。不破さん、何かいい手はありませんか？」

「いま、それを考えてるんだ」

「情報屋の木戸さんに、また偽情報《ガセネタ》を流してもらいますか？」

「そうするか。それで、北浦たち二人の張り込みを中断させよう」

不破は懐《ふところ》から携帯電話を取り出し、木戸に連絡を取った。先方の電源は入っていたが、情報屋は電話口に出ない。

不破はコールバックしてほしいと伝言を残し、電話を切った。

「通話できなかったんですね？」

「ああ。トイレにでも入ってるのかもしれないな。少し待てば、木戸が電話してくるだろう。北浦たちの動きを探《さぐ》りながら、待ってみようや」

「わかりました。でも、ロビーに入るわけにはいかないでしょ？」

「そうだな。交代で表玄関の前を素通りして、北浦たちの動きを探ろうか」

「了解！　先にぼくが……」

真崎が自然な足取りで回転扉の前を抜け、ゆっくりと戻ってきた。

不破も同じ行動をとる。二人は十往復ずつしたが、木戸から電話連絡はなかった。

「木戸は自分の携帯に電話があったことに気づかないようだな。別の手を打とう」

「何か妙案がありますか？」

「毎朝日報の美人記者をこのホテルに呼ぼう。マドンナがロビーに駆け込めば、北浦と相沢はいったん姿を消すと思うんだ」

「そうでしょうが、まりえ、いいえ、早見さんにぼくらが仁科梨絵をマークしてることを知られてしまうでしょ？」

「詳しいことは教えないで、彼女には本庁の六係の者がこのホテルに張り込んでることだけをリークするんだよ」

「でも、彼女は勘がいいから、ホテルの宿泊者をチェックして、客たちのことをひとりずつ調べるでしょ？」

「そうだろうな。しかし、梨絵の彼氏はおそらく偽名を使って部屋を予約したんだろうから、素姓《すじょう》までは突きとめられないはずだ」

「そうかもしれないけど、危険な賭《か》けですよね。早見さんが辛抱強くロビーに張り込んでて、チェックアウトする仁科梨絵と連れの男を見かけたら、当然、怪しむでしょう？」

「梨絵はパトロンに隠れて、例の三十七、八の男と密会してたんだ。多分、二人は時間をずらして部屋を別々に出るだろう」

「でも、パトロンだった但島はもう亡《な》くなってるんですよ。二人は堂々と一緒に部屋から出てくるんじゃないのかな」

「そのときは、そのときだよ。仮にマドンナ記者が本事案《ほんじあん》の犯人《ホシ》をおれたちよりも先に割り出したとしても、逮捕権はないんだ。したがって、まだスクープ記事は書けない。本庁の六係よりも先にこっちが加害者を緊急逮捕すれば、ゲームには勝てる」

「そうなんですけど、なんか素直には同意できないな」

　真崎がためらいがちに言った。

「なぜ？　どうしてなんだ？」

「なんか早見さんを利用することに抵抗があるんですよ」

「確かに利用することにはなるよな。しかし、同時に捜査状況を教えてやることにもなるんだぜ。プラマイ零《ゼロ》なんじゃないのか。気が咎《とが》めるんだったら、美人記者に何かお礼をしてもいいな」

「お礼って？」

「たとえば、おれたちが犯人を緊急逮捕した直後に彼女に単独インタビューさせるとかさ。そうすれば、早見まりえは新人記者ながら、大変な特種《とくだね》をスクープできるわけだ」

「そうですね」

「一気に彼女の株は上がるはずだよ。真崎、マドンナ記者に連絡して、本庁の北浦と相沢が西新宿の『ハイアット・プラザホテル』のロビーに張り込んでることをさりげなく教えてやってくれ」

不破は言って、部下から五、六メートル離れた。

真崎が背を見せ、モバイルフォンを耳に当てた。じきに通話状態になった。部下は二分ほどで電話を切った。

不破は真崎に歩み寄った。

「リークしてくれたな？」

「ええ。彼女、すぐにこちらに来るそうです」

「そうか。それじゃ、わたしたちは数十分経《た》ったら、レンタカーに戻ろう」

「北浦さんたち二人は、ぼくらがプリウスに乗ってることを知ってるはずです。車をもっと遠くに移動させたほうがいいだろうな」

「そうしよう」

二人は交互にまた回転扉の前を行きつ戻りつしはじめた。北浦と相沢はロビーの隅のソファに腰かけていた。

二十数分後、不破たちは車寄せの端に駐《と》めてあるレンタカーに乗り込んだ。

真崎がロータリーを回り込み、プリウスを高層ホテルの斜め前に移動させた。毎朝日報の早見記者がタクシーでホテルに乗りつけたのは、それから数分後だった。

まりえは慌《あわ》ただしくタクシーを降り、ロビーに走り入った。

「北浦たちはマドンナ記者の姿を見て、焦《あせ》るだろうな。その姿が目に浮かぶよ」

不破は助手席で、部下に話しかけた。

「そうですね。彼女、ぼくの名前を出すんだろうか」

「心配するなって。早見まりえは、好きな男を困らせるようなことはしないさ。彼女は、そういう女だよ」

「不破さん、彼女の名前を気やすく呼び捨てにしないでください」

「いいじゃないか。まりえは、アイドルなんだからさ」

「ですけど……」

「自分以外の男が美人記者を呼び捨てにするのは、なんとなく面白くないわけだ。そうなんだな？」

「ええ、まあ」

「そこまで彼女に惚《ほ》れてるんだったら、何か行動を起こせよ。焦《じ》れったい奴だな。物怖《もの》《お》じしてたり、妙な駆け引きなんかしてると、冗談じゃなく、織部署長に唾《つば》をつけられちゃうぞ」

「まりえは、そんな安っぽい女性じゃありませんよ。だから、ぼくは……」

「惚れちゃったわけだよな？」

「彼女の話は、もうやめましょう」

「純情だね」

「悪いですかっ」

「おっ、開き直ったな」

「別にそういうことじゃありませんよ」

真崎が照れ笑いをして、口を引き結んだ。

その直後、ホテルの表玄関から北浦と相沢が現われた。どちらも、憮然《ぶぜん》とした表情だった。まさか自分たちの張り込み場所に新聞記者がやってくるとは夢想だにしていなかったにちがいない。

北浦たちはホテルの前に出ると、五、六十メートル先まで歩いた。路上には、捜査車輛《しゃりょう》が駐めてあった。

二人はスカイラインに乗り込んだ。運転席に坐《すわ》ったのは、相沢刑事だった。

「北浦たちはマドンナ記者が去るまで、覆面《メン》パトの中で待つ気なんだろう」

不破は呟《つぶや》いた。

「そうみたいですね。でも、早見さんはフロントで宿泊者名簿を見せてもらうまで粘《ねば》ると思います」

「だろうな。相手があれだけチャーミングな娘《こ》だから、フロントマンも根負けして、客の個人情報を洩《も》らしちゃうだろう」

「ええ、多分ね」

「美人は得だな。相手が男性記者なら、絶対にそんなことにはならない」

「そうですね。彼女は非の打ちどころがないんだけど、美貌を武器にして取材してるとしたら、ちょっとがっかりだな」

「彼女には、そんな気はないと思うよ。魅力的なんで、結果的には得してるんだろうがな」

「そうですよね。不破さんは、しっかり彼女のことを見てるな」

「見てるよ、そりゃ。わたしも、早見まりえの隠れファンだからね」

「えっ、そうだったんですか⁉」

「熱烈なファンだよ。いつかわたしの娘が女の子を産《う》んだら、まりえと命名しようと思ってるんだ」

「本当ですか？」

「冗談だよ。でも、女房の弟の家で飼《か》ってるウェルシュ・コーギー犬がそろそろ仔犬《こいぬ》を産みそうなんだ。牝犬《めすいぬ》を産んだら、そいつを貰《もら》って、〝まりえ〟と名づけてもいいな」

「やめてください。ぼくの意中の女性の名を使うなんて、意地が悪いですよ」

「それも冗談だって。どうしてそんなに生真面目《きまじめ》なんだ、真崎は？」

「ぼくは普通ですよ」

「こっちが不真面目すぎるのか？」

「そういうことになっちゃうんですね。困ったな。こんなふうに考えるのも、人間が堅いって言われそうですね。しばらく黙ってましょう」

真崎が自嘲的な笑みを浮かべ、口を噤《つぐ》んだ。

時間が流れ、昏《く》れなずんだ。

スカイラインが走り去ったのは、六時半ごろだった。北浦たちはマドンナ記者がいっこうにホテルから出てこないので、きょうは梨絵たちカップルに貼りつくことを諦《あきら》めたようだ。

「マドンナ記者に電話をして、北浦・相沢コンビが見当外れな筋《すじ》読みをしてたと言ってくれないか」

不破は真崎に言った。

「今度は、早見さんを追っ払うわけですか？」

「ああ、そういうことだ。彼女には悪いが、ずっと館内にいられると、こっちが動きにくくなるじゃないか」

「そうなんですが、なんだかなあ」

「気が咎めるのはわかるよ。しかし、所班《ところ》に先を越されるのは業腹《ごうはら》じゃないか？」

「業腹？　ああ、癪《しゃく》だってことですね。ええ、腹立たしいですよ。わかりました」

真崎が上着の内ポケットから携帯電話を取り出し、数字キーを押し込んだ。短縮番号だった。二人は、ちょくちょく電話をかけ合っているのだろう。

「取材中に悪いね。本庁の北浦さんと相沢さんは引き揚げたんじゃない？」

「…………」

当然のことながら、マドンナ記者の声は不破の耳には届かない。

「やっぱり、そうか。二人は見当外れの推測をして、そのホテルに行ったらしいんだ。てっきり真犯人《ホンボシ》をマークしたんだと思ったから、きみに情報を流したんだよ」

「…………」

「それは、きみにスクープしてもらいたかったからさ。もちろん、嘘じゃない」

「…………」

「署内で素《そ》っ気《け》ない態度を見せてるのは、一種の照れ隠しなんだ。きみが署のみんなにアイドル視されてるんで、やっかまれるのはうっとうしいと思ったんだよ」

「…………」

「臆病《おくびょう》と言われれば、その通りかもしれないな。でもさ、職場できみとべたつくわけにはいかないじゃないか。だから、よそよそしく振る舞ってただけなんだ」

「………」

「わかってもらえたんだね？　嬉しいよ。それはそうと、きょうはごめんな。ぼくの早とちりで、きみに無駄骨を折らせてしまってさ」

「………」

「捜査情報をそっくり教えるわけにはいかないな。でも、ヒントは必ず仄《ほの》めかすよ。もちろん、本庁の捜査員や上司には怪しまれないようにリークする」

「………」

「きみのためだったら、危ない橋も渡っちゃうよ。えっ、もしも懲戒免職になったら？　まりえのヒモになるさ」

「………」

「そんながっかりするなよ。そう、ジョークだったんだ。ぼくは、そんな男じゃないよ」

「………」

「わかった。社に戻るんだね。本部事件の片がついたら、ゆっくり会おう。それじゃ、またね！」

通話が終わった。真崎が携帯電話を折り畳み、笑顔を向けてきた。

「うまくやりました」

「真崎は職場で、猫被《かぶ》ってたんだな。堅物どころか、なかなか女馴《な》れしてるじゃないか。実は、女たらしだったんだ？」

「人聞きの悪いことを言わないでくださいよ。まりえ、彼女とは数カ月前から二人っきりで時々会ってたんです」

「そうだったみたいだな」

「といっても、まだ恋人同士と言える仲じゃないんですよ。かつて流行《はや》った言い方だと、〝友達以上、恋人未満〟ってやつですね」

「たいした役者だよ、おまえさんは」

「詐欺師《さぎし》みたいな言われ方だな。もう少し彼女との仲が深まったら、不破さんだけにはちゃんと打ち明けるつもりでいたんですよ。でも、こんな流れになっちゃったんで、少し早目ですけど、報告したわけです」

「そうか。署のみんなには内緒にしといてやるよ。そのほうがいいだろうからな」

「ええ。そうしてもらえると、ありがたいですね」

「真崎とマドンナ記者がデキてたと知ったら、署長は発狂しちゃうんじゃないか。副署長も刑事課長もショックを受けるだろう」

「ぼくら、まだデキてないですよ。清い関係なんですから、そのへん、勘違いしないでほしいな」

「とはいっても、キスぐらいはしたんだろ?」

「いいえ、まだです。彼女と手を繋《つな》いだことはありますけどね」

「おい、まだ高校生かよ⁉　やっぱり、真崎は堅物だな。真面目すぎる！　呆れて笑っちゃうね」

「放っといてください」

「天然記念物に指定してやろう」

不破は微《び》苦笑《くしょう》した。

そのとき、ホテルの回転扉から早見まりえが出てきた。まりえは客待ち中のタクシーに乗り込んだ。落胆した様子だった。

不破たちはタクシーが遠ざかってから、相前後してレンタカーを降りた。ホテルに足を向け、ロビーに入る。

二人はエレベーターを見渡せるソファに少し離れて坐った。周《まわ》りには、かなり人がいた。梨絵が一階に降りてきても、すぐには見つからないだろう。

不破は少し経ってから、マガジンラックに歩み寄った。数紙の夕刊を手に取って、ソファに戻る。部下の真崎が同じように、マガジンラックからグラフ誌を摑《つか》み上げた。

二人はそれぞれ人待ち顔を作って、頁《ページ》を繰《く》りはじめた。

待つほかなかった。不破と真崎は、ひたすら待ちつづけた。

粘った甲斐《かい》があった。ティールームで梨絵と一緒だった三十七、八歳の男がエレベーターホールの方から歩いてきたのは、午後十一時十分ごろだった。ひとりだ。梨絵は、まだ二十三階の部屋にいるのだろう。

男はフロントに寄って、何か従業員に短く声をかけた。宿泊料金を支払う様子はうかがえない。チェックインの際《さい》、一泊分の保証金を預けたのだろう。

男がフロントを離れて、回転扉に向かって歩きだした。自分の車でホテルに入ったとすれば、地下駐車場に降りるはずだ。

不破はソファから立ち上がり、数紙の夕刊をマガジンラックに戻した。真崎もグラフ誌を所定の場所に置いた。

男がホテルの外に出た。

不破たちは急ぎ足で回転扉を通り抜けた。対象人物はタクシー乗り場に立っていた。彼の前には、二人の客がいるだけだった。

不破たちは車寄せを回り込み、ホテルの外周路に出た。すぐに走って、プリウスに乗り込む。

待つほどもなく、男を乗せた黒塗りのタクシーがロータリーを下《くだ》ってきた。

「注意を払いながら、タクシーを追尾《ついび》してくれ」

不破は真崎に言った。部下が緊張した面持《おもも》ちで、レンタカーを発進させる。

タクシーは新宿住友ビルの横を抜け、新宿署前交差点を右折した。新宿大ガードを潜《くぐ》り、靖国《やすくに》通りを進んだ。

「この時間なら、自分の塒《ねぐら》に帰るんですかね？」

「そうなのかもしれないな」

不破たちの会話は途《と》切《ぎ》れた。

タクシーは新宿五丁目交差点を左折し、明治通りに入った。新宿七丁目交差点を右に折れ、職安通りを走った。若松町《わかまつちょう》に差しかかると、タクシーは二本目の脇道に入っていった。

真崎が少し減速し、プリウスを裏通りに進入させた。

道幅は六、七メートルしかない。

タクシーは百数十メートル先に停止していた。右手に三階建ての低層マンションが見える。

男が料金を払って、タクシーを降りた。

タクシーが走りだした。男は低層マンションの敷地の中に消えた。真崎がアクセルを踏み込み、レンタカーを低層マンションの少し手前で停めた。

不破は先に車を降り、低層マンションに近づいた。男は外階段のステップを踏んでいた。二階の踊り場に差しかかっている。

低層マンションは各階に五戸ずつあったが、エレベーターは設置されていない。各戸の玄関口は道路側にあった。

不破は顔を上に向けた。男は、三階の右端のドアの前で足を止めた。三〇一号室だ。男が部屋に入った。じきに電灯が点《つ》いた。どうやら独り暮らしをしているらしい。

「何号室に消えました？」

斜め後《うし》ろで、真崎が訊《き》いた。

「三〇一号室に入ったよ。部屋は暗かったから、独身と考えてもいいだろう」

「そうなんでしょうね」

「とりあえず、対象者《マルタイ》の氏名を調べよう」

不破は低層マンションの集合郵便受けに歩《ほ》を運んだ。三〇一号室のメールボックスには、ダイレクトメールが何通も突っ込まれたまま、うっすらと埃《ほこり》を被っていた。一番上の郵便物を抓《つま》み出し、光に翳《かざ》す。宛名は菱山邦明《ひしやまくにあき》になっていた。男の氏名だろう。

「このマンションを管理してる不動産屋に行けば、三〇一号室の借り主のことは詳しくわかるでしょう」

真崎が言った。

「そうだな」

「それとも、直《じか》に部屋の主に当たっちゃいます？」

「いや、慎重に動こう。今夜の捜査は、これで切り上げるぞ」

不破はダイレクトメールを郵便受けに戻し、指先の埃を擦《こす》り落とした。

2

悪い予感を覚えた。

不破は捜査本部に入ったとたん、本庁の所警部に鋭い目を向けられた。

西新宿の高層ホテルを張り込んだ翌朝である。九時を回ったばかりだった。

「不破さんにちょっと話があるんだ。一緒に来てください」

所が険《けわ》しい顔で言い、先に廊下に出た。不破は所警部に従った。

連れ込まれたのは、同じ階にある小会議室だった。長方形のテーブルがあり、椅子が十二脚《きゃく》並んでいる。

所警部はテーブルを回り込み、窓際に腰を落とした。不破はテーブルを挟んで、本庁の殺人犯捜査第六係の係長と向かい合った。

「何か深刻な話があるようだな」

不破は先に口を切った。

所は何も言わなかった。黙って上着のポケットから小型デジタルカメラを取り出し、手早く画像を再生させた。

「いったい何なのかな？」

「画像を観《み》てほしい」

「わかった」

不破は右手を差し出した。すると、所警部が小型デジタルカメラを滑らせた。デジタルカメラは卓上を滑走《かっそう》し、不破の手許《てもと》で静止した。

ディスプレイを見た瞬間、危うく声をあげそうになった。画面には、くっきりとプリウスが映っていた。前日まで使っていた車だ。

「そのレンタカーはきのうの午後、『東京ブレーンバンク』のオフィスがある雑居ビルの近くの路上に駐められてた。車は東日本レンタカー五反田営業所のもので、借りたのはあなただった」

「実はね、三日前に運転免許証をどこかで失《な》くしたんだ。きっと拾った奴がわたしの運転免許証を使って、プリウスを借りたんだろう。免許証の顔写真を貼り替えてね」

「もっともらしい言い訳だな。しかし、そんな嘘は通用しませんよ。そのレンタカーにあなたと真崎君が乗ってたのを目撃してる者がいるんだ」

「そう言われても、こちらにはまったく覚えがないな。きのうは真崎とは朝、捜査本部《チョウバ》でちょっと顔を合わせただけで、その後は一度も会ってない」

「しらばっくれても、無駄です。不破さんと真崎君は『東京ブレーンバンク』を訪ねてる。里中社長から事情聴取したんでしょ？」

「何かの間違いでしょ？　われわれは、そんなことはしてない」

「空とぼけるのも、いい加減にしてほしいな。あなたは、里中圭吾が『スタッフプール』の但島を脅迫して、廃業に追い込もうとしたことを知ってた。それで、われわれを出し抜く気になったんでしょ？」

「出し抜くだって⁉」

「そうです。あなたは所轄の人間だけで犯人《ホシ》を挙げたくて、こそこそ裏で動いてたんでしょうが！」

「それは誤解だ。われわれは本庁の方々とは違って、殺人捜査を手がけた件数が少ないんだから、そんな大それたことなんか考えるわけないでしょ？」

「いや、あなたは抜け駆けを狙ってた」

「何か根拠があるのかな？」

「根拠はあります。しかし、そのことをいちいち挙げるつもりはない。それはそうと、六係の者も里中が怪しいとマークしてたんですよ。未亡人の玲子が夫の告別式が終わってから、これをわたしに届けてくれたんです」

所警部が懐からICレコーダーを取り出し、音声を再生させた。男同士の会話が流れてきた。

——但島さん、あなたは悪党だな。わたしはね、『スタッフプール』の裏帳簿のコピーを持ってるんですよ。

——経理課長の菊地を抱き込んだんだな。あの男は、わたしの商売のやり方が気に入らないらしくて、何かと批判的だったからね。

——あなたのとこの社員なんか抱き込まなくても、但島さんの弱みは押さえられますよ。あなたが派遣先の人事部長や労務担当役員たちにキックバックを渡してることもわかってる。もちろん、証拠は押さえてあります。それからね、あなたが世話をしてる仁科梨絵という愛人のことも調べ上げたんですよ。

——目的は何なんだ？　どうせ金なんだろう。里中さんが俠友会の理事だってことはわかってる。だからといって、わたしは脅迫には屈《くっ》しないぞ。

——ずいぶん強気ですね。

——三百万ぐらいなら、くれてやってもいいよ。しかし、それ以上は出さないぞ。

——但島さん、わたしをチンピラ扱いしないでほしいな。これでも、俠友会伊吹《いぶき》組の代貸《だいがし》なんです。組長《オヤジ》の伊吹清太郎《せいたろう》が病気で寝たきりになった四年前からは、組長代行を務《つと》めてるんだ。実質的には伊吹組のトップとして、七百人の構成員を束《たば》ねてるんですよ。

――だから？

――会社の経営から手を引いてくださいよ。三十数人の社員は全員、再雇用します。ただ、『スタッププール』はうちで吸収合併する形になるんで、社名は消える。経営権を百万円で譲ってくれますね？

――ふざけるな！　わたしは、四万人の組員を抱えてる神戸の最大組織の大幹部をよく知ってるんだ。俠友会は首都圏で三番目にランクされてる団体じゃないか。その気になれば、二次組織の伊吹組なんかぶっ潰《つぶ》せるんだぞ。

――大きく出たな。西の最大勢力が伊吹組に妙なことを仕掛けてきたら、関東だけじゃなく、東日本の親分衆が黙っちゃいませんよ。そうなったら、東西の全面戦争になる。しかし、神戸が『スタッププール』を助《ス》けるために東の勢力を敵に回すわけがない。ドンパチの時代は終わったんですよ。わたしがあんたのはったりでビビると思ったら、大間違いだね。

――わたしは会社を誰にも渡さない。

――話のわからないお方だ。但島さんがそう出てくるなら、こちらも荒っぽい手を使わざるを得ないな。

――手下の者にわたしを殺《や》らせる気なんだなっ。

――最悪の場合は、そうなるだろうね。しかし、できれば紳士的に話し合いたいな。但島さん、もう一度会いましょうよ。経営権を一千万で買い取ってもいい。

――冗談じゃない。あんたとは二度と会う気はない。

――後悔することになりますよ。

――先に帰る！

但島が憤然《ふんぜん》と席を立つ気配が伝わってきた。そのすぐ後、音声は熄《や》んだ。

所警部がICレコーダーのスイッチをオフにした。

「未亡人の話だと、このレコーダーは被害者の書斎の中で見つかったらしいんですよ。経済やくざの里中が誰かに命じて、但島を撲殺《ぼくさつ》させたにちがいない。おそらく実行犯は伊吹組の若い者《もん》なんだろう」

「そうなんだろうか」

「不破さん、白々しいですよ。あなたは里中圭吾が子分の誰かに但島を始末させたと読んで、きのう、真崎君と『東京ブレーンバンク』に乗り込んだんでしょ？　で、心証はどうだったんです？　クロだったんでしょ？」

「わたしも真崎も、里中の会社には行ってない。それから繰り返すが、レンタカーを借りてもないんだ」

「不破さんは運転免許証を失くしたと言ったが、紛失届は出されてなかった。こちらは、それも確認済みなんですよ」

「本事案の片がついたら、紛失届を出すつもりだったんだ。しかし、妙な疑いを持たれるのは心外なんで、きょうにも出そう」

「とことんシラを切るつもりですか。ま、いい。ただ、今後は勝手な行動は慎《つつし》んでもらいますよ。ちゃんと本庁《うち》の相沢とコンビを組んでくださいね。真崎君は北浦と行動を共にしてもらう」

「わかりました。里中圭吾を別件で引っ張って、実行犯を吐かせるつもりなんだな。そうなんでしょ？」

不破は訊いた。

「あなたには何も教えません。無防備に捜査の予定を話したら、抜け駆けされるかもしれないからな」

「そんなこと考えたこともないんだがな。織部署長はもちろんのこと、副署長や刑事課長からも所轄署刑事は日頃から決してしゃしゃり出るなと釘をさされてるんですから」

「それが面白くなかったわけだ。それだから、不破さんは真崎君とわれわれの裏をかいて、先に手柄を立てる気になったんでしょ？　違いますか？」

「穿《うが》ちすぎだな。所轄署の刑事は、本庁の捜一の方たちの三分の一も殺人捜査に携《たずさ》わってないんだ。六係の方たちよりも早く加害者を割り出すことなんてできっこない。ええ、絶対に無理ですよ」

「とにかく、チームプレイを乱すようなことはしないでください」

所警部がICレコーダーを摑み上げ、勢いよく立ち上がった。不破は煙草《たばこ》に火を点けた。

所が小会議室から出ていった。不破は卓上の灰皿を引き寄せ、きのう、見かけたサングラスの男のことを考えはじめた。

情報屋の木戸なのではないか。木戸は高校時代、陸上部の短距離選手だったはずだ。

不破は喫《す》いさしの煙草をくわえ、懐から携帯電話を取り出した。木戸のモバイルフォンを鳴らす。ツウコールで、情報屋が電話に出た。

「メッセージ、ちゃんと聞きました。でも、風俗情報誌の取材に追われてて、なかなか連絡できなかったんですよ。すみません」

「相変わらず駿足《しゅんそく》だな」

「えっ⁉」

「本庁の所警部に脅されて、取り込まれたようだな。きのう、そっちは赤坂にいたね。おれと真崎に追われて、慌《あわ》てて逃げたよな?」

「わかっちゃったんですか」

「やっぱり、そうだったか。例の偽情報《ガセネタ》を流したことが所にバレて、風俗嬢から借りた金を返してないことをちらつかされたんだな。で、詐欺罪で検挙《アゲ》るぞって脅されたんだろ？」

「そうです。不破さんを裏切りたくはなかったんですけど、そうまで脅されたんで、偽情報を不破さんに頼まれて流したことを白状しちゃったんですよ。勘弁してください」

「それで、ダブルスパイにさせられたわけか」

「は、はい」

「きのう、そっちはおれと部下をずっと尾行してたんだな？」

「そうです。でも、不破さんたちに追いかけられてからは尾《つ》けてません。それまでのことは所さんに報告しちゃいましたけど、ほかのことは喋《しゃべ》ってませんから」

「そっちとは、これで絶交だな。ここそ尾け回したら、只《ただ》じゃ済まないぞ。いいな！」

「不破さん、本当にごめんなさい。所警部に不破さんたちの動きを逐一《ちくいち》報告しろと言われてるんですが、適当なことを言っときます」

「ああ、そうしてくれ。木戸、無節操な生き方をしてると、いまに孤独地獄でのたうつことになるぞ。あばよ」

不破は冷ややかに言って、電話を切った。

短くなったセブンスターの火を消したとき、真崎から電話がかかってきた。

「いま、どこから電話してるんだ？」

「署の裏の空《あ》き地です。ほら、クリーニング屋の横ですよ」

「わかった。すぐにそっちに行く。こっちの作戦が六係に覚《さと》られた。だから、電話では喋るな。盗聴されてるかもしれないから」

不破は終了キーを押し込むと、小会議室を飛び出した。一階まで階段を駆け降り、真崎の待つ場所に急ぐ。

二百メートルほど行くと、部下のいる空き地に達した。不破はたたずむなり、経緯《いきさつ》を語った。

「まずいことになりましたね。しかし、いまさら作戦を中止したくないな」

「もちろん、抜け駆け作戦は遂行《すいこう》する。たとえ真崎が降りてもな」

「降りませんよ、ぼくは。こんなスリリングなゲームはやめられません」

「そうか。それじゃ、真崎の話を聞こう」

「はい。菱山邦明の犯歴照会をしてみたんですよ。それで、彼も俠友会伊吹組の組員だということがわかりました。恐喝、監禁、私文書偽造の前科がありますね。監禁罪で一年七カ月の実刑判決を受けてます。ベンチャー起業家をクルーザーに閉じ込めて、会社の役員変更を迫ったんですよ」

「里中と同じ経済やくざなんだな？」

「ええ。菱山は伊吹組直営の闇ファンド『レインボー・コーポレーション』の責任者で、俠友会各組のやくざマネーの運用を任されてるんですよ。里中と同じ名門私大の法学部を中退して、二十一のときに伊吹組の盃《さかずき》を貰ってます。現在、三十七歳で独身です」

「伊吹組でのポストは？」

「若頭補佐です。しかし、武闘派の若頭の系列ではなく、組長代行の里中の舎弟分ですね」

「そうか」

「不破さん、菱山邦明は里中圭吾に命じられて、但島を撲殺したんじゃないですか？」

「そうなんだろうか。そんなふうにも推測できるが、例の秋月辰典は『東京ブレーンバンク』に一度も登録したことがないんだよな。凶器の金属バットを犯人は秋月の自宅アパートの近くの建築資材置き場に遺棄《いき》してるんだ」

「菱山が実行犯だとしたら、どうやって秋月の自宅アパートの所在地を知ったのか。それが謎ですね」

「そうなんだよ。やくざマネーの運用を任されてるという菱山と派遣労働者の秋月にダイレクトな接点があるとは思えないな」

「ええ、そうですね。待てよ。菱山はつき合ってる仁科梨絵から、秋月が但島を快《こころよ》く思ってないという話を聞いて、『目黒ハイム』のことを突きとめたんじゃないのかな？」

「真崎、冴《さ》えてるな。その可能性はあるかもしれない」

「また本庁の北浦警部補とコンビを組まされることになったんなら、仮病《けびょう》を使って別々になるのは難しそうだな」

「そっちは北浦とずっと行動を共にしてくれ。おれがなんとか相沢刑事をうまく撒《ま》いて、菱山邦明に接近してみるよ。『レインボー・コーポレーション』のオフィスは、どこにあるんだ？」

「新宿区五丁目の静岡銀行の並びにあるＹＫビルの十階にオフィスがあるはずです」

「わかった。真崎は先に署に戻れ」

「はい」

真崎が空き地を出て、大崎署に足を向けた。

不破は逆方向に歩きだした。

意図的《いとてき》に遠回りして、職場に戻った。三階に上がる。

不破は捜査本部の前で、黒岩・小池コンビと鉢《はち》合わせした。

「所轄の連中は、われわれ本庁の六係を出し抜こうとしてたんですってね。所係長《ハンチョウ》がそう言ってましたよ」

小池刑事が挑発的な目を向けてきた。

「所さんは何か誤解してるんだ。所轄の刑事が本庁の優秀な捜査員たちに太刀打ちできるわけないでしょ？　こっちがちょっと足並を揃えなかったんで、所警部に曲解《きょっかい》されちゃったんだよ」

「そうなんですかねえ。不破さんは案外、策士《さくし》なんじゃないのかな」

「もしそうなら、とっくに桜田門で働かせてもらえてただろう」

「なんか捜一には、狡《こす》い人間が集まってるような言い方だな」

「あっ、それも誤解だ。こっちは捜一には、有能な刑事が揃ってると言いたかったんだよ。実際、その通りだからね」

「すんなりと額面通りには受け取れない感じだなあ」

「そんなふうに受け取らないでほしいな。それより、どちらに？」

不破は小池と黒岩を等分に見た。先に口を開いたのは、黒岩刑事だった。

「里中圭吾を追い込みにいくんですよ。『東京ブレーンバンク』の社長が『スタッフプール』の経営権を手に入れられなかったんで、子分の誰かに但島を始末させたんでしょう」

「それを立件できそうなの？」

「未亡人が切り札を提供してくれたから、里中も観念すると思いますよ」

「切り札って？」

不破は問いかけた。黒岩がにんまり笑って、コートのポケットから見覚えのあるICレコーダーを摑み出した。

「被害者は、このICレコーダーを自宅の書斎に保管してたんですよ。里中が但島に『スタッフプール』の経営権を譲れと脅迫してる音声がばっちり録音されてます。実行犯までは特定できませんが、里中の殺人教唆《きょうさ》罪の確証になるでしょう」

「しかし、録音音声だけじゃ、弱いんじゃないのかな？　経済やくざの里中もそのことは知ってるだろう。だから、そう簡単には口を割らないと思うな」

「里中を吐かせますよ、こっちも粘りに粘ってね。そんなわけだから、所轄が本庁を出し抜こうとしても、もう遅いですよ」

「まだ疑われてるのか。なんだか哀《かな》しくなってくるな」

不破はことさら嘆いてみせた。黒岩と小池が薄笑いを浮かべて、大股で歩きだした。

捜査本部に入ると、北浦が真崎を従えて歩いてきた。

「不破さんの秘蔵っ子をまた借りますよ。真崎、いや、真崎君はあなたの忠犬みたいだから、近くで見張ってないと、寝首を搔《か》かれそうだからな」

「ぼくを侮辱《ぶじょく》するのは、たいがいにしてくださいよ。それから上司の不破さんをからかうことも赦《ゆる》せませんね」

「真崎君、そうむきになるなよ。きみは、お小姓《こしょう》さんなのかい？」

「なんてことを言うんですっ。もう我慢できない」

真崎が両の拳《こぶし》を固めた。

「おれを殴るってか？　殴れるものなら、殴ってみろ。その代わり、次の人事異動では福生《ふっさ》か羽村《はむら》あたりの交番勤務になるぞ」

「本庁の捜査一課の刑事がそんなに偉いのかっ」

「やるか、おい！」

北浦が真崎に向き直って、ファイティングポーズをとった。不破は二人の間に分け入って、目顔《めがお》で部下をなだめた。

「田舎侍はこれだから、困るよ」

「あんた、何様のつもりなんだ。大名にでもなった気でいるのか！　思い上がるなっ」

思わず不破は、北浦を怒鳴《どな》りつけた。と、真崎が不破に両手を合わせ、北浦に頭を下げた。

「無礼を重ねたことを謝ります。どうかご容赦《ようしゃ》ください。ぼく、反省してます」

「学生じゃねえんだから、ぼくなんて一人称を使うな」

「はい、気をつけます」

「悪いと思ってるんだったら、水に流してやるよ。里中が目をかけてる舎弟を全員、洗いに行くぞ。おれに従《つ》いてこい」

北浦が命令し、先に廊下に出た。

不破は、真崎を引き留めたい衝動に駆られた。しかし、すぐに思い直した。そんなことをしたら、北浦はさらに真崎を嬲《なぶ》るにちがいない。

「行ってきます」

真崎が誰にともなく言って、北浦の後《あと》を追った。部下の後ろ姿は、じきに視界から消えた。

「妙な駆け引きはなしにしましょうよね」

相沢刑事がそう言いながら、ゆっくりと近づいてきた。

「こっちは一度も駆け引きなんかした覚えはないがな」

「また、また。そうか、不破さんは対抗心を剝《む》き出しにして、本庁《うち》の六係を出し抜こうとしただけですよね？　われわれは所轄署のメンバーなんて……」

「ライバルとも思ってない。そう言いたかったんだな？」

「うなずいたら、不破さんたちを傷つけちゃうんでしょうから、なんのリアクションも示さないほうがよさそうだな。所係長《ハンチョウ》は、不破さんと仁科梨絵に探りを入れてこいと言ってるんですよ。ひょっとしたら、被害者の愛人も事件に関わってるかもしれないからって」

「そう」

「何か問題は？」

「ないね」

「それじゃ、出かけましょう」

「ああ」

不破は相沢と連れだって捜査本部を出た。

3

エンジンが切られた。

覆面パトカーは、『鳥居坂アビタシオン』の植え込みの際《きわ》に寄せられていた。濃紺のアリオンだ。

「行きましょうか」

相沢が車の鍵《キー》を抜きかけたとき、懐で携帯電話が着信音を刻んだ。

「車から先に降りてようか？」

「そうしてもらえると、ありがたいですね」

「わかった」

不破はアリオンの助手席から出て、数メートル離れた。路面には、梅の花びらが散っていた。風情《ふぜい》があった。

今月の下旬か来月の上旬になれば、東京の桜も満開になるだろう。不破は中年になってから、一度も花見をしていない。

ソメイヨシノをはじめ、どんな品種の桜も花に彩《いろど》られれば、どこか華《はな》やいで見える。ある種の妖《あや》しささえ感じさせる。二、三十代のころは、そういう美しさに魅《み》せられたものだ。

だが、四十代になってからは桜の花そのものにはあまり美しさを感じなくなってしまった。むしろ、散り際《ぎわ》に惹《ひ》かれるようになった。はらはらと舞い落ちる様《さま》は見ていて飽《あ》きない。花は儚《はかな》いが、どこか潔《いさぎよ》い。その勁《つよ》さが羨《うらや》ましく思える。

人生の折り返し地点を通過したから、そんな心境になったのか。誰も人間はいろいろな物を背負い込んでいて、桜の花のように美しく生を終えることはできない。思惑《おもわく》や打算に囚《とら》われながら、見苦しく死に際まであがきつづける。煩悩《ぼんのう》から逃《のが》れられないものだ。

人間臭いと言えば、きわめて人間臭い。しかし、ダンディズムとは無縁だ。振り返ってみると、自分の半生はあまりにも凡庸《ぼんよう》だった。華もなければ、ドラマもなかった。その代わり一度も大病はしていないし、極貧生活にも陥《おちい》らなかった。

それだけでも、満足しなければならないのだろう。幸せだったにちがいない。

そうは思いながらも、何かが足りないような気がする。これまで何かに熱くなって心から高揚した記憶がない。不完全燃焼のままで生涯を閉じてしまうと考えると、なんだか虚《むな》しさが募《つの》る。

たった一度でいいから、命懸《が》けで何かを成《な》し遂《と》げたい。しかし、人生の残り時間はさほど多いとは言えないだろう。

同世代の男たちの多くも、自分と似たような焦りを感じているのだろうか。自分だけが、そんな思いを懐《いだ》いているのか。

後者だとしたら、閉鎖的な警察社会で窮屈な生き方をしつづけてきたことを心のどこかで後悔しているのかもしれない。部下の真崎の直情ぶりや青臭さをからかいながらも、彼のようにまっすぐに生きてみたいと心の底では願っているのだろう。

しかし、ノンキャリアの五十男が組織の中で何かできるのか。五百数十人の警察官僚《キャリア》たちに支配されている巨大組織は個人の力ではとても変えられない。

それでも、針の穴ほどの大きさの風穴は開けることができそうだ。そのためには、何がなんでも今回の騙し合い《コン・ゲーム》には勝つ必要がある。たとえ小さな風穴すら開けられなかったとしても、内なる〝荒ぶる魂〟を少しは鎮《しず》めることができるのではないか。

署長たちの理不尽な圧力に屈したくなかったら、巧妙に抵抗すればいい。男がか弱き羊のままで終わることは恥だ。損得抜きで、反撃すべきだろう。それで初めて男は漢《おとこ》になれる。

不破はあれこれ考えているうちに、無意識に気合を発していた。それだけではなかった。左の掌《てのひら》に右の拳を叩きつけていた。

自分の単純さがおかしくなって、不破は小さく苦笑した。

ちょうどそのとき、アリオンの運転席から相沢刑事が降りてきた。

「電話は本庁《うち》の所係長《ハンチョウ》からでした」

「何か動きがあったんだな？」

「そうなんですよ。黒岩・小池班が『東京ブレーンバンク』の社長室で、無許可の日本刀を発見したらしいんです」

「里中社長を銃刀法違反で緊急逮捕したんだな？」

不破は確かめた。

「そうらしいんですよ」

「予定通りの別件逮捕か」

「いや、黒岩さんたちはそういう指示は受けてないはずです。たまたま隠し持ってた

「どっちでもいいさ。で、所警部はなんだって？」

「わたしに大崎署に戻れって言ってきたんですよ」

「桜田門の六係は代わる代わるに里中を締め上げて、全面自供させる肚《はら》なんだな。里中が伊吹組の若い者に但島を始末させたって傍証《ぼうしょう》を北浦刑事は握ったんだね？　だから、所警部は自分の部下たちを捜査本部《チョウバ》に呼び寄せる気になったんだろう」

「不破さん、勘繰《かんぐ》りすぎですよ。北浦さんは別に何も傍証なんか押さえてないと思うな。うちの係長《ハンチョウ》は何も言ってなかったから」

「まあ、いいさ。それで、所警部はこっちについてはどう言ってた？」

「単独で仁科梨絵の男関係を洗ってもらってくれと言ってました。被害者の愛人が愛情の縺《もつ》れから、第三者にパトロンを殺《や》らせた可能性が完全に消えたわけじゃないからって」

「所轄のわれわれを事件の核心から遠ざけて、その隙《すき》に本庁《ホンプ》の方々は里中を全落ちさせようって段取りか」

「どうしてそう悪いほうに解釈するのかな？」

「所轄の刑事はマイナー扱いされてるから、根性が曲がっちまったんだよ」

「それにしても……」

「わかったよ。おたくは捜査本部に戻ればいいさ」

「そうさせてもらいます。捜査車輛は、不破さんが使ってください」

相沢はアリオンの後部坐席から自分のコートを引っ掴むと、急ぎ足で外苑東通りに向かって歩きだした。

不破は覆面パトカーの運転席に入り、ゆったりと紫煙《しえん》をくゆらせはじめた。梨絵の部屋では煙草を喫《す》いにくかったからだ。

気持ちは急いていた。銃刀法違反で緊急逮捕された里中が自分の子分か破門された元組員あたりに但島を殺させたのだとしたら、本庁の第六係に手柄を立てられてしまう。

ただ、インテリやくざの里中が但島殺しを第三者に命じたとは思えない。被害者が経営していた『スタッフプール』は人材派遣会社の中堅にすぎない。

大手か準大手の同業企業を乗っ取るなら、メリットは大きいだろう。しかし、但島の会社を吸収合併しても、たいした利点はないはずだ。里中は潔白《けっぱく》なのではないか。

不破は一服し終えた。

アリオンを降り、『鳥居坂アビタシオン』の集合インターフォンに足を向けた。

九〇一と数字キーを押すと、スピーカーから梨絵の声が流れてきた。

不破は名乗って、来意を告げた。

「わたし、間もなく外出する予定なんですよ」

「お時間は取らせません。ちょっと確認したいことがあるだけなんでね」

「そういうことなら、九階まで上がってきてください」

梨絵の声が沈黙した。

不破はオートロック・ドアを抜け、エレベーターで九階に上がった。九〇一号室のドアは施錠《せじょう》されていなかった。

ドアを開けると、梨絵が玄関マットの上に立っていた。きちんと化粧をして、外出着らしいスーツをまとっている。香水も匂《にお》う。

「手短に済ませます」

不破は三和土《たたき》に入り、後ろ手に玄関ドアを閉めた。

「わたし、疑われてるんですか？」

「そういうわけじゃないんですよ。仁科さん、あなたはきのうの午後、西新宿の『ハイアット・プラザホテル』のティールームで菱山邦明さんと落ち合って、二十三階のツインルームに一緒に入られましたね。そして昨夜十一時過ぎに菱山さんは先に部屋を出て、若松町の自宅マンションに帰られた」

「なんでそんなことをご存じなんですか!?　あっ、きのう、わたしは尾行されてたんですね？」

「ええ、そうです。あなたはパトロンの目を盗んで、菱山さんとも交際してたんでしょ？」

「それは……」

「あなた方お二人が四カ月ほど前から月に三、四回、同じホテルで密会してたことはわかってるんですよ。あなたは、菱山さんとの関係を但島社長に知られてしまったのかな？」

「いいえ、但島さんはわたしたち二人のことにはまったく気づいてなかったはずです」

「パトロンがいながら、菱山さんと交際してたのはなぜなんですか？　但島社長が玲子夫人となかなか離婚してくれないんで、見切りをつける気になったのかな？」

「というよりも、菱山さんと知り合ったのは何か運命的な出会いだと感じたんです。知り合って七カ月しか経っていないんですが、片時も離れたくない気持ちになってしまったんです。わたし、今月中にも菱山さんのことを但島さんに打ち明けて、愛人生活に終止符《ピリオド》を打つつもりだったんですよ。でも、その前に但島さんは殺されてしまって……」

「事件の夜、菱山さんはどこで何をしてたかわかります？」

「菱山さんは、犯人なんかじゃありませんよ。あの日は伊豆の下田に車で出かけて、翌朝早く磯釣りをすると言ってましたから。夕方に東京を出て、下田の釣り宿に泊まるとか言ってましたね」

「その釣り宿の名は？」

「そこまでは聞いてません。でも、下田に出かけたことは間違いないと思いますよ。次の日の夕方、釣ったという黒鯛《くろだい》を三尾持ってきてくれましたんでね。菱山さんはまだ三十代ですけど、『レインボー・コーポレーション』という投資会社の代表取締役社長をやってるんです。お金持ちですし、但島さんとは一面識もないんですよ。犯行の動機がまったくないじゃありませんか」

「あなたは、パトロンがいることを菱山さんには話したことがないのかな？」

「パトロンがいることは四カ月前に打ち明けました。でも、但島さんの名前までは教えなかったんです。彼のほうも、具体的な話は聞きたがりませんでしたしね」

梨絵が答えた。

「そうですか。菱山さんの素姓はどこまでご存じなのかな？　菱山さんは、ただの事業家じゃないんですよ」

「彼が俠友会伊吹組の幹部であることは、わたし、知ってます。でも、菱山さんは近々、足を洗うと約束してくれたんですよ。そして、すべての障害がなくなったら、結婚しようと言ってくれたんです。わたしは、彼のプロポーズを受けました。それで、六月の花嫁《ジューン・ブライド》になる予定なんです。これから、ウェディングドレスの注文に行くとこなんですよ」

「菱山さんと一緒に？」

「そうするつもりだったんですけど、仕事の都合で一緒に行けなくなってしまったんです。ですんで、わたしだけで柊《ひいらぎ》由美《ゆみ》ブライダルサロンに行くことになったんですよ」

「英国王室やスウェーデンの王女たちのウェディングドレスを作った柊由美のとこで、オーダーするのか。たいしたもんですね。最低でも一着三百万円は取られるって話でしょ？」

「菱山さんは五百万円のウェディングドレスを作れって言ってくれたんです」

「彼にとって、あなたは誰よりも大事な存在なんだろうな」

「大切にされてるって実感があって、とっても幸せです」

「そう」

「菱山さんは俗に言われてるインテリやくざですけど、もうじき堅気になろうとしてるんです。ですから、妙な先入観は持たないでほしいんです。足を洗おうとしてる人間が殺人事件を引き起こすはずありませんよ」

「そうなんだが、組の幹部がそう簡単に足を洗えるもんだろうか。菱山さんは堅気になる条件として、誰かに但島社長殺しを強いられた可能性もゼロじゃなさそうだな」

「誰かって？」

「伊吹組の組長代行を務めてる『東京ブレーンバンク』の里中圭吾社長は但島喬司を脅して、『スタッフプール』を乗っ取ろうとしてたんですよ」

「えっ、そうなんですか!?」

「ただね、里中がそこまで強引に『スタッフプール』の経営権を手に入れても、それほどメリットはないんだ」

「それなら、里中という組長代行が菱山さんに代理殺人を押しつけることはないと思いますね」

「そうなんだよな。里中も菱山さんも事件には無関係なんだろうか。すぐに引き揚げるつもりだったんだが、つい話が長くなってしまったな。ご協力、ありがとう」

不破は礼を言い、九〇一号室を出た。

高級賃貸マンションを出て、斜め前の脇道に入る。四つ角の物陰に身を隠し、『鳥居坂アビタシオン』のアプローチに視線を注いだ。

梨絵が現われたのは、十数分後だった。

彼女は足早に外苑東通りに向かいはじめた。不破はアリオンに乗り込み、低速で梨絵の尾行を開始した。

梨絵は外苑東通りで、タクシーに乗り込んだ。不破は慎重にタクシーを追った。

やがて、梨絵を乗せたタクシーは代々木《よよぎ》にある柊由美ブライダルサロンの前で停まった。明治通りだ。ブライダルサロンの社屋《しゃおく》は円錐形《えんすいけい》の七階建てで、一階は結婚式場になっていた。

梨絵はタクシーを降りると、ブライダルサロンの中に消えた。足取りは弾んでいた。

不破は覆面パトカーを近くの路肩《ろかた》に寄せ、警察無線のスイッチを入れた。しばらく交信に耳を傾けてみたが、本部事件に関する情報は得られなかった。

梨絵が外に出てきたのは、正午前だった。彼女は明治通りで空車を拾い、そのまま自宅マンションに戻った。

梨絵が菱山と接触しなかった理由は二つ考えられる。彼女は、菱山が但島殺しにはまったく関与していないと確信しているのだろうか。それとも警察の尾行を予想し、あえて菱山とどこかで落ち合わなかったのか。どちらとも思えた。

不破はアリオンを『鳥居坂アビタシオン』から数百メートル離れた車道に停め、上司の岩松係長の携帯電話を鳴らした。

「本庁《ホンプ》の連中は、別件で引っ張った里中圭吾を締め上げてるんでしょ？」

「うん、まあ」

「取調室にいるようだな。それなら、ちょっと廊下に出てくれませんかね？」

「わかった。少し待っててくれないか」

岩松の声が熄んだ。不破は携帯電話を左手から、右手に持ち替えた。

「どうも待たせたね。取調室から十メートル以上は離れたから、何を話しても大丈夫だろう。何かね？」

「里中は組員か誰かに但島喬司を撲殺させたと認めたんですか？」

「但島の事件《ヤマ》には、一切《いっさい》関わってないと言い張ってるよ。日本刀の不法所持は、あっさりと認めたけどね」

「そうですか。本庁の北浦から何か報告が上がってきてるのかな？　彼は真崎と一緒に里中が目をかけてる組員たちを洗ってるはずなんだが」

「北浦・真崎班からは一度も報告は上がってきてないね。実行犯と疑えそうな人物がいないということなんだろう」

「ええ、多分ね」

「所警部たちは、里中が第三者に但島を始末させたと確信してるようだが、どうなんだろうね。きみは、そうは思ってないのかな？」

「まだ何とも言えないですね」

「そんなに警戒しないでほしいな。わたしは予備班の主任だが、所警部の忠犬ってわけじゃない。織部署長の前では自分の意見を強く言えないが、所さんの捜査方針が間違ってるんだったら、そのことをはっきり指摘するよ。それぐらいの勇気はあるさ」

「別に係長に気を許してないわけじゃなく、本当に判断つかないんですよ」

「そうか。ところで、所警部はきみと真崎がつるんで、本庁の六係よりも先に手柄を立てる気でいると言ってたが、そうなの？　そんなことしたら、署長たち三人に何かされるよ」

「わかってます。こっちも真崎も妙な功名心なんかないから、係長は安心しててください」

「本当なんだね。本庁《ホンブ》のメンバーに花を持たせなければいけないのは少し癪だが、波風を立てると、結局、誰かが職場で理不尽ないじめに遭《あ》う。わたしは、それを回避したいんだ」

「事なかれ主義は楽だが、牙《きば》を失くすことになるでしょ？　男は、どこかとんがってないとね」

「やっぱり、きみらは……」

岩松が慌てた。

「係長に迷惑はかけませんよ。何かあったら、自分で決着《オトシマエ》をつけます。といっても、辞表なんか書く気はないけどね」

「不破君、よく考えて行動したほうがいいよ」

「係長には係長の生き方があるように、わたしにも自分の生き方がある。ご意見は無用です！」

不破は言い放って、電話を切った。すぐに当たり障《さわ》りのない生き方しかできない上司に厭味《いやみ》を言ってしまった狭量さを恥じた。人には、それぞれ事情がある。どんな生き方をしていても、他者があれこれと批判することは傲慢《ごうまん》だろう。

不破は少し菱山の動きを探ってみる気になった。

しかし、里中が菱山に但島を殺害させたと思っているわけではなかった。多分、『東京ブレーンバンク』の社長は撲殺事件には関わっていないだろう。だが、菱山のことは妙に気になる。刑事の勘だろうか。

不破はアリオンを発進させた。

目的の新宿五丁目に着いたのは、二十数分後だった。覆面パトカーを静岡銀行とYKビルの中間地点の車道に駐め、不破は運転席を離れた。

YKビルに入り、十階に上がる。『レインボー・コーポレーション』はエレベーターホールの左側にあった。

不破は訪ねる先を間違えた振りをして、菱山のオフィスのドアを大きく開けた。菱山社長は出入口近くで、男性社員と立ち話をしていた。

「おっと、失礼！　うっかり階数を間違えてしまいました」

不破はうつむき加減で謝罪し、勢いよくドアを閉めた。すぐに階下に下《くだ》り、捜査車輛の中に戻った。

4

残照が弱々しくなった。

じきに黄昏《たそがれ》が迫るだろう。張り込んでから、長い時間が過ぎた。

不破はステアリングを抱え込み、坐り直した。全身の筋肉が強張《こわば》りはじめている。腰も痛い。

午後四時半を回っていた。

マークした菱山はオフィスから姿を見せない。仕事に追われているようだ。

張り込みは、いつも自分との闘いだった。焦りやもどかしさを抑《おさ》え、捜査対象者が動きだすのをじっと待つ。それが鉄則だ。焦《じ》れたりすると、たいてい悪い結果を招く。

煙草を喫う気になったとき、捜査車輛の数メートル前に同じ色のアリオンが停まった。

運転席から降りたのは、なんと情報屋の木戸正人だった。

尾行されていたらしい。血が逆流する。不破は表情を硬くして、覆面パトカーの運転席から勢いよく出た。

「どこまでも腐ってるな。六係の奴らに抱き込まれたことを詫《わ》びながら、まだ所警部の手先になってやがるのか。軽蔑するほかないな」

「不破さん、違うんですよ」

「どう違うんだ？」

「わたし、不破さんに償《つぐな》いたかったんです」

「殊勝《しゅしょう》なことを言うな。殴るぞ」

「聞いてください。不破さんの覆面パトカーのリア・バンパーの近くにＧＰＳ発信器が取り付けられてるはずです。多分、トランクルームの真下あたりに装着されてるんでしょう」

「ＧＰＳ発信器だって⁉」

「ええ、相沢刑事が取り付けたようです。それで、六係の杉森《すぎもり》って若い刑事が車輛追跡装置を搭載した警察車で不破さんのアリオンを捕捉《ほそく》しつづけてたはずです」

木戸が言った。

不破はアリオンの後方に回り、路面に片膝を落とした。右手をトランクルームの下に突っ込み、手探《てさぐ》りする。

ほどなく指先が硬質な物に触《ふ》れた。すぐに引き剝《は》がす。摑み出したものは、紛《まぎ》れもなくマグネットタイプのGPS発信器だった。

「所の部下は、この近くにいるんだな？」

「二百メートルほど後方にいるはずですが、いまコンビニで買物中です。そのGPS発信器はこっちが借りたレンタカーに装着させて、杉森刑事をなんとか引き離します。不破さんは車を少し移動させて、張り込みを続行してください」

「木戸……」

「そんな顔をしないでくださいよ。こんなことでは不破さんを裏切った罪は消えないんですが、少しでも償えればと思ったんです。それからね、わたし、事件現場付近で聞き込みもしてきました」

「そんなことまでしてくれたのか⁉」

「ええ。事件当夜の七時三十二分ごろ、釣り竿ケースと青いクーラーボックスを肩から提《さ》げた三十代後半の男が『スタッフプール』のオフィスのある雑居ビルに入っていったのを目撃してた中学生の坊やがいたんですよ」

「その話を詳しく教えてくれ」

　不破は頼んだ。

「その中学生は坂巻翔《さかまきしょう》という名で、雑居ビルの斜め前にある坂巻酒店の息子なんです。天文マニアだという話でした。夜は自宅ビルの屋上で、たいてい天体望遠鏡を覗《のぞ》いてるらしいんですよ」

「で、そのクーラーボックスを持ってたという男の顔を見てるのかな？」

「アングラーキャップを目深《まぶか》に被ってたんで、顔かたちはよく見えなかったというんですよ。その男は七時四十分ごろに雑居ビルから出てきたそうなんですが、青いクーラーボックスの蓋《ふた》から透明なレインコートの一部が食《は》み出してたらしいんです」

「そのレインコートは、ポケッタブルのビニール製の物なんだな？」

「多分、そうだろうと言ってました。それからですね、釣り竿ケースの底の部分から何か雫《しずく》が垂れてたそうなんです」

「おそらく、それは血だったんだろう。釣り竿ケースには、犯行に使った金属バットが入ってたんだと思うよ。クーラーボックスの中身は、返り血で汚れた携帯用のビニール製のレインコートだったにちがいない」

「ということは……」

「ああ、そいつが但島を撲殺したんだろうな。後《あと》で、その中学生に話をよく聞いてみよう」

「そうですか。それでは、わたしは杉森刑事を不破さんから引き離します」

「悪いな。木戸、そのうち一緒に飲もう。絶交宣言は撤回《てっかい》するよ」

「不破さん……」

「早く行け！」

「は、はい」

木戸が顔を明るませ、レンタカーに駆け寄った。車台《シャーシー》の下にＧＰＳ発信器を装着させ、慌ただしく運転席に入る。アリオンは、すぐに走り去った。

不破は捜査車輌に乗り込み、数十メートルほど後方に退《さ》がった。

ＮＴＴの番号案内係に五反田の坂巻酒店のテレフォンナンバーを教えてもらい、すぐにコールした。受話器を取ったのは、店主だった。

不破は身分を明かし、電話口に息子の翔を出してもらった。事件当夜のことを先に目撃者に話してもらってから、不破は質問しはじめた。

「きみは、アングラーキャップを被った男が雑居ビルに入っていったことを奇異《きい》に感じたわけだ？」

「はい。ビルや商店の多い通りでそういう恰好《かっこう》をした人なんか、めったに見かけないんで」

「そうだよな。それで、きみはしばらく雑居ビルの出入口を眺めてたんだね？」

「ええ、そうです。顔はよく見えなかったけど、三十七、八なんじゃないのかな。父の一番下の弟と同じような年恰好に見えたから。叔父さんよりもスマートで、背も高かったけど」

「その男は出てくるとき、どんな感じだった？」

「なんか急いでる様子でした。雑居ビルを出ると、数十メートル先の車道に駐めてあった灰色のエルグランドに乗り込んで、猛スピードで走り去りました。あのう、ぼくが見た男性《ひと》がこの前の事件の犯人なんですか？」

目撃者の中学生が問いかけた。

「その疑いは濃いね」

「やっぱり、そうか。ぼくもそう思ったから、最初は父さんや母さんには何も言わなかったんだ。目撃したことを話したら、いつか犯人に仕返しされるような気がしたんですよ」

「そう」

「でも、まだ犯人が捕《つか》まってないんで、ずっと黙ってるのはまずいと思い直して、両親に見たことを昨夜《ゆうべ》話したんです。携帯のカメラで撮《と》った画像は親には観せませんでしたけど」

「その画像をおじさんの携帯に送ってくれないかな？」

「画像はぼやけてますよ、だいぶね。遠かったし、被写体の動きも早かったから」

「それでもいいんだ。観たいんだよ。すぐに送信してくれないか」

不破はメールアドレスを教え、通話を切り上げた。少し待つと、坂巻翔から写真メールが送られてきた。

確かに不鮮明だ。画像を拡大し、目を凝《こ》らす。横顔で、菱山邦明であることがわかった。

菱山が但島喬司を金属バットで撲殺したことは、ほぼ間違いなさそうだ。

しかし、犯行動機がわからない。菱山が仁科梨絵を独占したくて、凶行に及んだとは考えにくかった。また、里中圭吾に殺人を依頼された可能性はなさそうだ。

梨絵の話によれば、菱山は堅気になって、彼女と六月に結婚することになっている。

菱山はすんなりと伊吹組を脱けられるのか。伊吹組長が堅気になる条件として、但島の抹殺《まっさつ》を命じたのだろうか。

一瞬、そんな推測が不破の脳裏を掠《かす》めた。

だが、寝たきり状態の組長がそういう命令を下《くだ》したとは思えない。第一に、伊吹組長個人と被害者の但島にはなんの利害関係もなさそうだ。ダイレクトな接点もなかった。

菱山は足を洗ったら、何か事業を興《おこ》す気でいるのだろう。その資金を『レインボー・コーポレーション』の投資筋から借り受ける気でいるのか。しかし、足を洗いたがっている経済やくざは俠友会のどの団体とも関わりを持ちたがらないはずだ。

菱山が誰かのために自分の手を汚したことは確かだろう。だが、その人物が透《す》けてこない。さらに菱山が殺人代行の報酬に何を欲しているのかも不明だ。自身が事業資金を調達できるのではないか。代理殺人が金目当てでないとしたら、いったい何なのか。それが読めない。

目端《めはし》が利く経済やくざなら、他人の力を借りなくても、自身が事業資金を調達できるのではないか。

不破は思考を巡《めぐ》らせつづけた。

菱山は体を刺青《いれずみ》で汚してもいないし、小指も落としていない。足を洗えば、元やくざという前歴は新たなビジネス関係者にはまず覚られないだろう。

そこまで考え、不破はふと思い当たった。犯歴は生涯、消すことができない。どうしても〝汚れた過去〟を拭《ぬぐ》いたいと望めば、警察庁の犯歴照会係員を抱き込んで、データベースから自分の前科歴をこっそり消去させるほかない。不可能ではなさそうだ。

菱山は警察官僚《キャリア》の誰かの致命的な弱みを握って、自分の犯歴を消去させたのか。そうだとしたら、わざわざ代理殺人をする必要はないわけだ。

また、キャリアが保身のためとはいえ、インテリやくざの犯歴抹消に力を貸すとは思えない。首謀者《しゅぼうしゃ》は警察関係者ではない気がする。いったい何者なのか。

推測は袋小路に入ってしまった。

そのとき、部下の真崎から電話がかかってきた。

「いま、話しても問題ありませんか？」
「ああ。そっちは、北浦から離れた所から電話してきたんだな？」
「ええ、そうです。少し前に、まりえ、いいえ、早見さんからメールが入ったんです
が、人権派弁護士の国村が資産家の相続権絡《がら》みの訴訟で、依頼人に詐欺罪で告訴され
たらしいんですよ。その原告は去年の秋に病死した資産家の次女らしいんですが、長
女が偽の遺言状を使って、亡父の二十数億円の遺産の大半をせしめようとしたという
んです」
「それに腹を立てた次女が国村弁護士を雇って、姉さんと争ったわけだな？」
「そうなんです。双方の弁護士が和解を勧め、骨肉の争いは収まったそうなんですが、
国村弁護士は依頼人である妹にもっともらしいことを言って、成功報酬を二重取りし
たようなんですよ。それで、人権派弁護士は訴えられたみたいなんです。被害額は
一億八千万円です」
「国村は二重取りのことを認めてるのか？」
「いいえ、単なる勘違いだと弁明してるようです。しかし、まったく犯意がなかった
わけじゃないと思います」
「真崎、どういうことなんだ？」
「早見さんの取材によると、国村弁護士は六、七年前から財テクに励んでたみたいな

んですよ。最初はかなり儲《もう》けたようで、そのうち弁護士は金融派生商品《デリバティブ》取引に手を出すようになったらしいんです。損失を重ね、世界的な金融不況の煽《あお》りで六億円近い負債を背負い込んでたという話でした。高輪《たかなわ》にある自宅は、いずれ競売にかけられるみたいですね」

「そうなのか」

「不破さん、大事なのはこれからなんです」

「もったいぶらないで早く話せよ」

「はい。国村弁護士は借金地獄から脱け出したかったんでしょうが、なんと去年の十月から『レインボー・コーポレーション』の顧問になって、月々一千万円の報酬を受け取ってたんです。さらに『スタッフプール』の顧問も引き受けて、年間顧問料の二億五千万円を前払いさせてるんですよ」

「予想外の展開になってきたな」

不破は木戸の協力によって、但島殺しの実行犯が菱山臭いことを真崎に教えた。

「本事案の実行犯は、菱山と考えてもいいんでしょうね？」

「ああ、そうなんだろう。そして、菱山に但島を始末させたのは人権派弁護士の国村なんだろうな」

「まさか!?」

「国村は借金返済に苦しめられて、侠友会伊吹組の企業舎弟『レインボー・コーポレーション』の顧問弁護士になった。しかし、菱山の会社の顧問料だけでは利払いがやっとだったんだろう。それで国村は『スタッフプール』の顧問になったという形にして、但島社長から二億五千万円の金を脅し取ったんだと思うよ」

「脅し取った？」

「ああ。国村は『城南労働者ユニオン』の書記長や秋月たち派遣労働者たちの相談に乗って、社会的弱者を熱心に支援してた。当然、『スタッフプール』が登録者たちの労賃を大幅にピンハネして、派遣先の役員たちと癒着《ゆちゃく》してたことも知ってたはずだ。さらに但島が女房の玲子に家賃保証会社『グロリアエステート』をやらせて、アパートの居住者を次々に追い出させてたこともわかってたにちがいない」

「国村弁護士は、そういう弱みのある但島を強請《ゆす》ったんではないかと……」

「そうだ。単に二億五千万円をせしめたら、恐喝罪になる。だから、国村は一年分の顧問料として、但島に二億五千万円を前払いさせたんだろうな。それで事は終わると人権派弁護士は楽観してたにちがいない」

「ところが、但島が何か反撃に出たんですかね？」

「おそらく、そうなんだろう。但島は人権派弁護士が事もあろうに侠友会伊吹組の企業舎弟の顧問をやってることをマスコミ各社にリークすると開き直って、二億五千万円の返却を求めたのかもしれない。国村にしてみれば、『レインボー・コーポレーション』と黒い関係にあることを表沙汰にされたら、いっぺんに社会的な信用を失って、お先真っ暗になってしまう」

「ええ、そうなるでしょうね」

「頭を抱えた弁護士は、『レインボー・コーポレーション』の菱山社長に相談した。菱山は堅気になって梨絵と結婚して、人生をリセットしたいと考えてた。だが、自分の前科歴が生き直す際《さい》に大きな障害になる」

「菱山は但島を自分が亡《な》き者にしてやるから、警察庁の犯歴データベースから前科の記録をきれいに消してほしいと国村弁護士に条件を出したんですかね？」

「多分、そうなんだろう。真崎も知ってる通り、法務省、検察庁、警察庁、警視庁の中にもリベラル派がいて、巨大な新興宗教団体、労働組合、革新政党、市民運動団体のシンパがいることを知ってるよな!?」

「ええ。人権派弁護士なら、そういった人々と繋がりがあるでしょうね。その気になれば、警察庁の大型コンピューターから菱山の犯歴データを消去できそうだな」

「おれも、そう思うよ」

「菱山は自分の犯歴を消してくれれば、但島殺しを引き受けてもいいと考えてたんでしょうか。それだけではなく、経済やくざは国村弁護士が但島から脅し取った二億五千万円の半分を寄越《よこ》せと言ったんじゃないのかな？　梨絵と一緒に再出発するには、少しまとまった金が必要でしょ？」

「確かに真崎の言う通りだな。菱山は代理殺人の成功報酬として、自分の犯歴データの抹消と一億二千五百万の謝礼を国村に求めたのかもしれない」

「そうなんだと思うな。もう一度、菱山のA号照会してみますよ」

「いや、犯歴照会はおれがやる。いま本庁の北浦に怪しまれたら、すべてが水の泡になるからな」

「それじゃ、不破さんにやってもらいます」

「わかった。それはそうと、マドンナ記者は大きなヒントを与えてくれたな」

「そうですね。何か返礼しないといけませんね、そのうち」

真崎が言った。不破は相槌《あいづち》を打って、通話を切り上げた。

すぐに端末を操作して、菱山の犯歴を照会する。リターンキーを押し、回答を待つ。ほどなく警察庁の犯歴照会係から回答が届いた。菱山の前科歴は抹消されていた。やはり、筋読み通りだった。

不破は粘り強く張り込みつづけた。

菱山がYKビルから現われたのは、午後九時だった。だいぶ疲れた様子だ。菱山はYKビルの前でタクシーを拾った。

タクシーが走りだした。不破はアリオンを発進させた。タクシーはすぐにUターンし、靖国通りを市谷富久町《とみひさちょう》方面に走り、東京厚生年金会館の脇から裏通りに入った。東京医科大学の前を抜け、職安通りに出た。

どうやら菱山は、若松町の自宅マンションにまっすぐ帰るようだ。不破はそう思いながら、タクシーを追った。

やがて、タクシーは低層マンションの前で停まった。

菱山が料金を払って、タクシーを捨てた。

タクシーが走りだして間もなく、路上駐車中のブリリアントグレイのベンツが急発進した。無灯火だった。ベンツは菱山に向かって猛進した。

菱山が道端にダイブした。ベンツは菱山の近くを走り抜け、そのまま闇の奥に消えた。菱山は肘《ひじ》で上体を起こしたが、立ち上がれない様子だ。足首を挫《くじ》いたのだろう。

不破は覆面パトカーを路肩に寄せ、菱山に駆け寄った。

「そっちを撥《は》ね損《そこ》なったベンツは、国村弁護士の車なんじゃないのか？」

「ああ、多分な。ドライバーは先生じゃなかったが、国村はおれを轢《ひ》き殺させようとしたにちがいねえ」

菱山が右の足首を摩《さす》りながら、憤《いきどお》ろしげに言った。

「おまえが国村に頼まれて、但島を金属バットで撲殺したんだなっ」

「何を言いだすんだい？」

「もう観念しろ！」

不破は携帯電話を取り出し、坂巻翔という中学生から送信された画像を再生させた。

菱山はディスプレイを見ると、大きくうなだれた。

不破は自分の推測を語った。ほぼ正しかった。国村弁護士は自分の事務所の調査員を使って、警察庁の犯歴照会係全員の私生活を徹底的に洗わせたらしい。その結果、係員のひとりが帰宅途中の電車内で短大生に痴漢行為を働いた事実を突きとめた。

人権派弁護士はそのことを脅迫材料にして、菱山の犯歴データをそっくり抹消させたという。菱山は足を洗って梨絵と結婚したら、野菜スイーツの店を代官山《だいかんやま》で開く計画を立てていたらしい。その開業資金として、国村が但島から脅し取った二億五千万円の半分を代理殺人の報酬として受け取ったことを認めた。

やはり、殺された但島は際限《さいげん》なく国村に強請られることを恐れ、人権派弁護士が企業舎弟の顧問を務めている事実をマスコミ各社に洩らすと開き直ったらしい。それで、国村は但島を葬《ほうむ》る気になったという話だった。

「凶器の金属バットを秋月辰典の自宅アパート近くの建築資材置き場に棄《す》てろと入れ知恵したのは、国村弁護士だな？」

「そうだよ。あの先生は正義の使者気取りだが、とんでもない悪党だ。やくざ者のおれをうまく利用して、誰かに礫き殺させようとしたんだからな」

「そっちは愚《おろ》か者だな。梨絵さんは筋者《すじもの》のおまえが堅気になったら、本気で自分の人生を預ける気だったんだぞ」

「おれも梨絵がそばにいてくれたら、生き直せる気がしてたんだ。だけど、もう彼女の花嫁姿を見られなくなっちまった」

「自分を恨《うら》め！　自業自得だ」

「その通りだね。刑事さん、おれは逃げたりしねえ。だから、連行される前にひと目だけ梨絵に会わせてほしいんだ。直《じか》に謝りたいんだよ」

「いいだろう。その前に捜査車輛の中で、毎朝日報の美人記者の単独会見を受けてもらう」

「警察発表の前に新聞記者《ブンヤ》の取材を受けろって⁉　そんな話、聞いたことねえな」

「こっちにも事情があるんだよ。おれの条件を呑《の》めないんだったら、連行前に仁科梨絵さんに会わせるわけにはいかないな」

「わかったよ。梨絵に会えるんだったら、なんでもやる。ああ、喜んで単独インタビューを受けるよ。刑事さんは、その女記者にスクープの種を与えてやりたいんだろ？」

菱山が言った。

不破は黙ってうなずき、菱山を抱え起こした。

菱山は右足を路面に下《お》ろすたびに、短く呻《うめ》いた。不破は菱山を支えながら、アリオンに導いた。菱山をリア・シートに坐らせると、すぐに真崎に電話をかけた。

「そばに北浦がいたら、間違い電話を受けた振りをしろ」

「えっ、ラーメン屋じゃありませんよ」

「菱山の身柄《ガラ》を押さえた。いま若松町の低層マンションの前だ。北浦をうまく撒いて、マドンナ記者と大急ぎでこっちに来てくれ。まりえ嬢に単独会見させるんだよ」

「五目炒飯《チャーハン》と餃子《ギョーザ》六人前ずつと言われても、無理ですよ。万珍楼《まんちんろう》の電話番号に違いないと言われても、困るなあ。これは、個人名義の電話なんですから」

「おふくろさんか親父さんが倒れたことにして、すぐに北浦から離れろ。真崎、いいな！」

「本当にそんな店名のラーメン屋があるんですか!? 冗談ですよね？ いくら何でも店名が卑猥《ひわい》すぎますもの。最初は耳を疑っちゃいましたよ」

「おい、遊びが過ぎるぞ」

「悪いけど、出前はできませんね。本当にラーメン屋じゃないんですから！」

真崎が電話を切った。不破は吹き出しそうになった。

真面目一方の部下も、少しずつくだけた人間になりつつある。いい傾向だ。

不破は菱山の横に腰かけ、口許《くちもと》を綻《ほころ》ばせた。

単独会見が終わった。

美人記者がボイス・レコーダーの停止ボタンを押し込み、かたわらの菱山に礼を述べた。アリオンの後部坐席だ。不破は助手席に坐っていた。運転席には真崎が腰を沈めている。

「不破さん、ありがとう。感謝の気持ちで一杯です。キスしちゃいたいぐらい……」

「まりえ、なんてことを言うんだっ」

「ばかねえ。キスといっても、頬っぺによ」

早見まりえが真崎に言った。

「それにしても、ふしだらだよ。きみは、ぼくのことを遊び相手と思ってるのかっ」

「あなたは、この世で最も大切な男性よ。でもね、もう少しくだけてほしいな。真面目すぎるわ。デートのたびにわたしはそれとなくキスをせがんだのに、いつも気づいてくれなかった」

「えっ、そうだったの？」

「そうよ。愚図《ぐず》で、不器用なんだから。でも、好きよ」

「ちょっと、ちょっと！　場所を弁《わきま》えてほしいな」

真崎が焦った。不破は小さく笑った。

「あなたが少し不良になってくれたら、もう最高ね」

「努力してみるよ」

「ええ、そうして！」

まりえがほほえみ、アリオンを降りた。

不破は助手席を出て、マドンナ記者に声をかけた。

「明日の朝刊のトップを飾れるだろうが、実名報道はまずいぞ。まだ裁判所から逮捕令状が下《お》りてるわけじゃないから、現時点では菱山は重要参考人だからな」

「その辺は心得てます。不破さんたちには迷惑かけないようにしますよ。タクシーで社に戻ったら、すぐに記事をまとめます。デスクには誉《ほ》められるだろうけど、先輩記者たちには妬《ねた》まれそうだな」

「だろうね。しかし、次はそっちが同僚や先輩を妬むことになるだろう。新聞記者《ブンヤ》さんたちはそうやって、少しずつ成長していくんだよ。頑張ってくれ」

「はい。スクープ種を提供してもらったことを恩に着ます。本当にありがとうございました」

「キスは真崎にしてやってくれ。頬じゃなく、唇にね。ディープキスだっていい」

「不破さんったら！」

「早く社に帰れよ」

「ええ」

まりえが身を翻《ひるがえ》し、職安通りに向かって小走りに走りだした。

不破はアリオンの助手席に戻った。すると、真崎が不安顔を向けてきた。

「まさか不破さん、まりえを口説《くど》いてたんじゃないでしょうね？」

「そうだったら？」

「一発殴らせてもらいます。顔面に強烈なストレートパンチをぶち込んでやります」

「それほど彼女に惚れてるんだったら、マドンナに恥をかかせるな。というよりも、美人記者を安心させてやれよ」

「安心って？」

「鈍い男だな。自分で考えて、答えを出せ。車を『鳥居坂アビタシオン』にやってくれ」

不破は命じた。

そのすぐ後、後部座席で菱山が不破に話しかけてきた。

「刑事さん、おれに手錠《ワッパ》掛けなくてもいいんですか？　気が変わって、車から飛び出すかもしれないでしょ？」

「そっちは足首を挫いてる。逃げても、そんなに速《はや》くは走れないだろう」

「ええ、まあね」

「それに、こっちはおまえさんの言葉を信じてる。男が逃げないと言い切ったんだ。だからさ、おれは助手席に無防備に坐ることにしたんだよ」

不破は言った。菱山が何か言いかけ、言葉を詰まらせた。

「仁科さんの自宅に向かいます」

真崎が捜査車輛を走らせはじめた。

二十分そこそこで、目的の高級賃貸マンションに着いた。不破たちは菱山を九〇一号室に押し入れ、歩廊《ほろう》で待った。

十分ほど待つと、部屋から菱山と梨絵が現われた。どちらも涙ぐんでいた。

「わたし、あなたが出所《しゅっしょ》するまで必ず待ってるわ。だから、決して自棄《やけ》にならないでね」

梨絵が言って、菱山の右手を両手で包み込んだ。菱山が黙って大きくうなずく。

「よろしくお願いします」

梨絵が不破に頭を下げた。不破と真崎は菱山を挟む形で歩きだした。函《ケージ》に乗り込むと、菱山が神妙な顔つきで不破に謝意を表した。

「おれを逮捕《パク》ってくれて、ありがとうございました。但島を殺《や》ってから、毎晩、悪夢にうなされてたんですよ。今夜からは、そういうこともなくなるでしょう」

「おれたちは、そっちを連行するわけじゃない。大崎署の少し手前で、おまえさんを車から落とす。自首すれば、少しは罪が軽くなるからな」

「刑事さん……」

「まだ三十代なんだ。菱山、充分にやり直せるさ。犯罪者を更生させることも警察官の仕事なんだよ。梨絵さんを幸せにしてやってくれ。待つ身は切なく辛《つら》いんだからさ」

不破は、菱山の肩に手を掛けた。菱山が子供のように何度も顎《あご》を引いた。

エレベーターが一階に着いた。三人は無言で表に出た。

不破は菱山と覆面パトカーの後部坐席に坐った。別段、逃亡を警戒したわけではない。菱山の心細さを少しでも取り除いてやりたいという配慮だった。

真崎がアリオンの運転席に乗り込み、穏《おだ》やかに発進させた。捜査車輛が外苑東通りに出ると、不破は本庁の所警部に電話をかけた。

「数十分後に本部事件の重要参考人が自首すると思います」

「重参《じゅうさん》って誰なんです？」

「菱山邦明です。菱山は、人権派の国村弁護士の代理で但島喬司を殺害したことを認めた。菱山と国村の逮捕令状を裁判所に請求する準備をしといたほうがいいんじゃないかな。国村は殺人教唆容疑です」

「おたくたちは、やっぱり本庁の六係を出し抜いたんだな。公務執行妨害か何かで、とりあえず菱山の身柄を確保したわけか」

「逮捕はしてない。菱山に自首を勧めただけだ」

「どういうことなんです？　不破さんは真崎君と組んで、わたしの班より先に手柄を立てたかったんでしょ？」

所警部が訝《いぶか》しがった。

「こっちは別に点数を稼ぎたかったわけじゃない。所轄の刑事だって、無能ではないということを桜田門の連中に教えてやりたかったんだよ。要するに、われわれもやるときはやるんだよ」

「本当にそれだけなんですか？」

「そう。所警部、部下の方たちに捜査本部事件は本庁と所轄署のチームプレイだってことを打ち上げのときにでも、それとなく教えてやってほしいな。捜一のメンバーは確かに優秀だが、地元署の刑事が下支えをしてるってことを忘れてる。それだから、一部の者は思い上がって、所轄の刑事を田舎侍なんて侮《あなど》ったりしてるんだろう」

「そんな失礼なことを誰が言ったんです？　北浦ですか？　相沢なんですか？」

「個人攻撃をする気はないんだ。ただね、もう少し捜一の者は謙虚になるべきだよ。どんな事件だって、みんなの力がなければ、解決しないんだから」

「それは、その通りですね」

「大崎署の署長、副署長、刑事課長の三人は桜田門の意向に添うことで出世のチャンスを摑もうとしてるようだが、現場捜査に携わってる所轄署刑事はそれぞれ刑事魂を持ってるんだ。そのことを部下たちによく言い聞かせてもらいたいな」

「わかりました。それはそうと、菱山はなぜ代理殺人を引き受けたんです？　それから、国村弁護士はどうして菱山に但島を始末させなければならなかったんですか？」

「そのあたりのことは、菱山が取調室で素直に喋るでしょう」

不破は電話を切った。ほとんど同時に、真崎が口を開いた。

「毎朝日報の明日の朝刊を見たら、織部署長たち三人はびっくりするだろうな。そして、まりえにニュースソースを明かせって詰め寄るでしょうね」

「ああ、多分な。しかし、三人ともマドンナ記者をアイドル視してるから、腰砕《くだ》けになるだろう。それに、美人記者がニュースソースを明らかにするわけないさ」

「そうでしょうが、署長や所警部はぼくらの抜け駆け作戦に気づいてるはずですから、次の人事異動で不破さんとぼくは青梅《おうめ》署あたりに飛ばされそうだな」

「それも悪くないじゃないか。職場が変われば、新鮮な気持ちで働けるだろう。通勤時間が長くなるのは、ちょっと困るがな。退屈になったら、マドンナ記者に来てもらおう」

「まりえも、立川支局あたりに飛ばされるかもしれないな。いずれ、ニュースソースはわかっちゃうでしょうからね」

「そうなったら、その地で愉《たの》しくやればいいんだよ。人生到《いた》る所に青山《せいざん》ありさ」

不破は言った。

先のことは予測がつかない。いたずらに思い悩むことはないだろう。

「人生、何が起こるかわからない。それだから、面白いんでしょうね。そう思うことにします」

真崎が何かをふっ切るように呟き、徐々に加速しはじめた。

「おれ、生まれ変わってきますよ」

「そうしろよ。待ってる女性《ひと》がいるんだからさ」

不破は菱山に応じ、前を走る乗用車の尾灯《テールランプ》を見つめた。赤い灯《ひ》は赤提灯《あかちょうちん》を連想させた。

不破は菱山の出頭を見届けたら、真崎を五反田の馴染《なじ》みの屋台に誘う気になった。

星空を仰《あお》ぎ見て飲むコップ酒は、けっこう乙《おつ》な味がする。今夜は心地よく酔えそうだった。

この作品は二〇〇九年三月徳間書店より刊行された『敵対　所轄署刑事』に加筆したものです。

なお、本作品はフィクションであり、実在の個人・団体などとは一切関係がありません。

ハード・サスペンス

KOSAIDOBUNKO

---

# 捜《そう》査《さ》妨《ぼう》害《がい》
# 所轄署《しょかつしょ》刑事《デカ》

2015年5月1日　第1版第1刷

著者
南《みなみ》 英男《ひでお》

発行者
清田順稔

発行所
株式会社 廣済堂出版
〒104-0061 東京都中央区銀座3-7-6
電話◆03-6703-0964［編集］ 03-6703-0962［販売］ Fax◆03-6703-0963［販売］
振替00180-0-164137　http://www.kosaido-pub.co.jp

印刷所・製本所
株式会社 廣済堂


ISBN978-4-331-61632-1 C0193